ハローハロー

Hello Hello

九津十八

Kokonotsu Toyo

opsol book

ハローハロー

九津十八

装丁◎宮川和夫
装画◎金子幸代

＊

静寂。デスクスタンドの明かりだけが灯る薄暗がりの自分の部屋。手には紙。そこには、短い自己紹介文が書かれている。

自己紹介文に目を落とす。手が震え、紙が静寂を破るように音をたてる。

震えをおさえる為、一度大きく息を吸い、溜息をつくように吐いた。

この世界は生き辛い。

ただ食べて、寝るだけでも生きていくことはできるかもしれない。でも、そういう生活は人間として生まれてしまった以上、認めてもらえない。

人が生きていくには、必ず人と接しなければならない。

それが、僕にとってはたまらなく苦痛だ。

「……か、加瀬真中《かせまなか》です。よ、よよ、よろしくお願いします。か、か、加瀬、真中です」

中学校へ入学する前日の夜中。何度も自分の名前、特に名字を声に出す練習を繰り返した。家で独り言のように呟くのなら問題ない。だけど、外ではそれは通じない。

頭の中では、この一分にも満たない台詞《せりふ》を滞りなく言い切る方法がないか考えていた。でも、考えれば考える程、長い糸が丸められて絡まっていくみたいに、思考がぐちゃぐちゃになって答えなんて見つからなかった。代わりに不安だけが強く胸の奥で残った。

どうせ僕なんか自己紹介を無事に終えることなんてできないんだ。だから、いくら考えても無駄だ。それでも練習をしていれば少しだけ気は楽になる。不安から逃げようと何度も自分の名前を口にしているうちに、カーテンの向こうが仄《ほの》かに白くなっていた。結局、一睡もできないまま朝を迎えてしまった。

朝になんてならなければ良かったのに。そんなことを考えながら、部屋を出て階段を下りる。古い木造家屋のせいか、一歩踏み出すごとに木の軋《きし》む音がした。緊張で朝ご飯も少ししか喉を通らなかった。

手のひら全部が隠れてしまうくらい大きな真新しいブレザーの制服を着る。珍しく寝癖も整えてから、汚れ一つない真っ白な運動靴を履いて家を出た。

入学式で校長先生が「天気にも恵まれて、歓迎しているようだ」とでも言いそうなくらい、どこまでも高く広がっている青空。ピンク色の桜を見ながら、中学校までの緩やかな上り坂となっている通学路をゆっくりと歩いていった。

このまま初日から遅刻して、自己紹介が終わってから何食わぬ顔で教室に入ってしまえば、自己紹介をしなくて済むんじゃないか。

そんな考えが過《よ》ぎって立ち止まる。散歩中の犬が不思議そうにこちらに視線を向けた気がした。遅刻する勇気なんて無い。すぐ歩き始めて、学校に到着する。

中庭に張り出されたクラス発表の紙は全部で三クラス分しかない。僕が今の町に引っ越してくる前に通っていた小学校でも六クラスあったことを考えると、随分と規模の小さな町なんだと感じる。

一組から自分の名前を探す。当たり前だけど、春休みの間に引っ越してきたばかりだから知っている名前は無かった。知らない名前を目にしただけで、心臓が掴まれたみたいに痛くなる。

「大丈夫。大丈夫」

何度も呟く。だけど、もう強い鼓動は抑えられそうになかった。

新品の上履きに履き替えて教室へ入る。「同じクラスだー!」なんて女子の声を耳にしながら自分の席に座る。みんな真新しい皺《しわ》もない制服が似合っていなかった。小さな町だからか、みんな顔見知りの一人や二人いるらしい。僕以外で小さなグループがいくつもクラス内にできあがり始めていた。

チャイムが鳴るとほぼ同時に、担任の先生が教室に入ってきた。入学式の為に体育館へ向かう。床に敷かれた緑色のシートから、ゴムの臭いが漂っていた。やたらと長い校長先生の話にうんざりした以外には滞りなく入学式は終わり、教室へ戻る。

初めてのホームルーム。先生の口から当然のようにそのひと言が発せられた。

「それじゃ、一人ずつ自己紹介していってもらおうか」

目の前がふわりとした。

少しだけ落ち着いていた心臓がまた強く音を鳴らし始めた。

先生の指示通り、一人ずつ自己紹介していく。みんな名前を告げ「よろしくお願いします」とだけ添えたテンプレート的な自己紹介をしていく。その為、すぐに僕の前の生徒にまで順番がきた。

前の席の男子が勢い良く立ち上がった。

「俺、俺！　よろしく！」

元気が良い、大きな声。

名前は言わず、ウケ狙いだってことはわかった。それだけではあまりウケず、教室に冷ややかな空気が漂う。

少し安堵《あんど》する。前の男子がこんな事故を起こした後なら、僕が自己紹介で失敗しても印象には残らないかもしれない。そう思ったのに。

「詐欺か」

少しの静寂の後に先生が発したこの簡単なひと言で教室内が笑いに包まれた。

「先生ツッコミ最高！」

「お前のボケは最低だったがな」

「厳しいな！　でもおかげでウケたし。先生、俺とコンビ組んで漫才しねえ？」

「笑えない冗談を言うな。そんなことよりちゃんと自己紹介しろ」

またドッと笑いが起きた。

ああ、嫌だ。その空気が更に僕を追い詰めた。

前の男子が岡本圭介《おかもとけいすけ》と名前を口にして座った。「それじゃ次」と、先生の合図。

ゆっくりと立ち上がる。岡本君がこちらに視線を向けている。その目からなにかキッカケがあればまたウケを狙ってやる、というような気持ちが感じられて怖くなった。

「……」

最初の言葉が出てこない。体に力が入る。顔が熱くなるのを感じる。

「…………か、か」

まだ出ない。教室内に不穏な空気が流れる。

先生が眉をひそめて怪訝《けげん》な視線をこちらに向けた。わかってる。名前を言わないといけないことはわかってる。だけど。

「か、か、か、か、か、か、か」

言葉がいつも以上に出てこない。人生でこんなにも調子が悪い日は無かったくらい、最悪だ。

どこかから、クスクスと笑い声が上がる。それに余計に焦って言葉が出なくなった。

「——真中です……」

結局、僕は自分の名字である加瀬という言葉を飛ばして、名前だけを口にした。そこで呼吸をしていなかったことに気付いた。息をしようとした瞬間、こちらを見ていた岡本君が、新しい玩具《おもちゃ》を買ったばかりの子供のように目を輝かせているのがわかった。

この目は知ってる。今まで何度も見てきた。クラスのお調子者がこんな目をするときは決まって、僕にとって最低最悪で面白くないことが起きる。

「けけけけけ、圭介でーす」

ほらみろ。嫌な予感は的中した。

岡本君は勢い良く立ち上がって、僕を真似て再度自己紹介をした。教室内に大爆笑の渦が沸き起こった。みんな楽しそうに笑っている。

いつもそうだ。僕はこうやって自己紹介で失敗して、お調子者の恰好《かっこう》の餌食になるんだ。

その日から、小学生の頃と同じようにからかわれるようになった。

言葉がスムーズに出てこない。そんな僕の真似を岡本君は飽きもせず毎日繰り返す。その度にクラス中に笑いが起きた。入学して一ヶ月くらいはそれだけで済んだ。だけど、だんだん物足りなくなっていったらしい。

「加瀬、肩パンさせろよ。嫌だったら、すぐに『やめて』って言えばやらねえよ」

岡本君は、授業で先生に怒られた後の休み時間になると、苛立った顔でそう言った。

「……嫌だ」

僕は、『やめて』という言葉を上手く言えない代わりに、スムーズに言える『ア行』から始まる『嫌だ』という言葉で殴るのをやめて欲しいと訴える。

「はい、『やめて』じゃねえと、やめねえから。でももう時間切れだから」

その訴えは聞き入れてもらえなかった。岡本君は笑みを浮かべて、僕の右肩を固く握った右拳で力強く殴りつけてきた。

岡本君は気付いている。僕が『カ行』と『ヤ行』が特に苦手なこと。だから、肩を殴るのを阻止されないように、『やめて』という言葉に拘《こだわ》るんだ。

からかいがエスカレートしていくのは季節の移り変わりより、断然速かった。

何度か先生が岡本君に注意をした。その度に岡本君は僕の肩に腕を回し「俺ら友達だし、遊んでるだけだし。なっ？」と回した腕に力を込める。無理にでも首を縦に振るしかなかった。そうしないと、もっと酷いことをされることは明白だったから。

岡本君と仲良くなった他のクラスメイトも、僕なら殴っても良いという認識になった。岡本君やその取り巻きに、なにもないのに殴られるようになった。

顔は殴られない。痣になってもわかりにくい肩や太ももを中心に痛めつけられるようになる。

いつまでも『やめて』と、しっかり言えない。何度言おうとしても『やめて』という言葉が口から出るまでに時間がかかり、その前に痛めつけられた。メロディに乗せればスムーズに出るだろうけど、そんなことをしたら余計馬鹿にされるからしなかった。

あるとき気付いた。みんなは僕が言葉をつっかえさせる様子を面白がっているだけなんだ。だから、最初から『やめて』なんて言おうとしなければ良い。

ただ黙って耐えていれば、暴力は少しマシになった。代わりに、他のクラスメイトも僕を避けるようになった。たった一人、朗らかな笑みをよく浮かべている梅月《うめつき》さんだけは話しかけてくれた。彼女は優しい。よく他のクラスから蛇みたいな目をした女子が遊びに来ていた。同じクラスだけじゃなくて、学年みんな梅月さんに惹《ひ》かれていた。彼女が人から好かれるのは、いつも柔らかな笑顔でいるからだろう。それに倣《なら》って、僕もなにをされても笑っているようにした。

でも、僕が期待した通りの結果にはならなかった。いつかクラスの女子が、「なにされても笑ってて気持ち悪い」と言っているのを耳にした。教科書がゴミ箱に入っていることが多くなった。白かった上履きはどんどん汚れ、灰色を通り越して黒くなった。ノートに『気持ち悪い。死ね』と書かれたりもした。

もうその頃には、心は学校には持ってきていなかった。

陰口を耳にして、暴力に耐え、文字による罵詈雑言《ばりぞうごん》を見つめるだけの毎日。真似から始めた笑顔をやめるタイミングを逃してしまって、癖になってしまった。

ある日、ノートにピエロ野郎と書かれていた。それには、なるほどと納得した。

言葉通り、僕は笑顔の仮面を張り付けたピエロになってしまっていた。

からかいやいじめは辛い。だけど、この状況になってしまったのは僕のせいだ。言葉を上手く話せない。そのせいでいじめられるんだ。それでも、いじめてくる奴は大嫌いだし、それを見て見ぬ振りしてるクラスメイトもみんな情けないと思う。でもそんな奴らよりも大嫌いでクラスで最も情けないと思うのは、なにをされてもヘラヘラと笑うことしかできない僕自身だ。

いじめと共にあった一学期が終わる。そのまま長く、季節なんて関係ない夏休みに入った。不登校になったのだ。

本当に、この世界は生き辛い。

吃音《きつおん》で上手く言葉を話せない僕には、とてつもなく生き辛い世界だ。

＊

自室の天井のシミを一つ、二つと数えていく。もう何度数えたか憶えていない。

ゲームも漫画もアニメも小説もなにもかもに飽きてしまった。勉強もする気が起きない。

考え事はよくする。その大半が、いつ死ぬかということ。

そんなことしかしていない割にお腹は減る。お腹が鳴る音でご飯はなんだろうと考えてしまうのが滑稽《こっけい》に思えて仕方ない。

橙《だいだい》に染まった西日が部屋の窓から射し込んだ。電気をつけていない部屋は燃えているように赤く染まる。いっそのこと、本当に燃えてくれないかな。

外から、小学生の「また明日、学校で」という甲高い声が聞こえた。

学校で。僕には関係のない言葉。

あれから、一度も登校していない。もう中学三年生になった。棚の上に置いてあるデジタル時計を見る。普段は意識なんてしていない、小さく表示されている日付がたまたま目に入り、今日が九月の初日だということを知った。

学校に二年も行っていない間に、知っている生徒が二人転校した。

一人は、僕に最後まで話しかけてくれた梅月さん。

梅月さんは転校するからと挨拶に来てくれた。そのときに彼女は頭を下げて、こう言った。

「なにもできなくてごめんなさい」

そのときの梅月さんの顔はあの頃の笑顔なんて微塵も感じさせない、悲しみと苦しみに支配されたように疲れて見えた。

どうしたの？　大丈夫？　次の学校でも頑張って。

そんな言葉をかけようとしても、つっかえるからなにも言えなかった。ただ頷いただけ。それを返事だと受け取ったらしい。梅月さんは、最後にお辞儀をして、帰っていった。

もう一人は、僕に対するいじめの主犯格であった岡本君だ。

もちろん梅月さんみたいな挨拶はなかった。岡本君の顔なんて見たくなかったから、それで良かった。岡本君が転校したと知ったときに一度、学校に行こうと考えた。でも一度逃げ出した僕にとって、それだけでは、学校に行くきっかけとしてあと一押しが足りなかった。

結局、ずっと家に閉じこもったままだ。曜日も時間も、僕を取り残したみたいに過ぎ去っていく。世界は、人間一人を待つことなんてしてくれない。

「本当に死のうか」

独り言だと、スラスラと言葉が出るのが憎らしい。

自分に少し憤《いきどお》りを感じた瞬間、家のチャイムが鳴った。

二階の自室から、一階にいるお母さんの歩く音が微《かす》かに聞こえた。どうせ、なにかの集金か勧誘だ。そう決め付けて、また天井のシミを数え始めた。

一つ、二つ、三つ。

お母さんに名前を呼ばれた気がした。数えるのをやめて、静かにする。

「真中！」

今度は、さっきよりも近い位置から名前を呼ばれた。どうやら気のせいじゃなかったらしい。

返事をしなかったのに、お母さんは部屋のドアを開けた。

「学校の子がプリント届けに来てくれてるわよ。お礼を言いなさい」

お母さんは真剣な表情で僕を見つめた。

珍しい。これまでにも、家に誰かがプリントを届けに来たことはあった。だけど、こうやってお礼を言いなさいと言ってきたことはなかった。

「……嫌だ」

僕は視線をベージュのカーペットに落とす。お母さんの目を見ないようにしながら小さな声で反抗する。学校の奴になんて会いたくない。思い出すのは、僕を玩具としてしか見ていなかった岡本君とその取り巻きの悪魔みたいな笑み。陰口を叩く女子の陰険な視線。

「言いなさい」

だけど、お母さんの威厳たっぷりの言葉に、あっさりと自分の意思を引っ込める。これ以上、言葉を発するのが苦痛だったからだ。なにかを話すくらいなら、気持ちを殺して従った方が楽だ。

ベッドから立ち上がる。平均よりも随分軽い体重。それなのに筋力が衰えてしまったせいか、立ち上がるだけで重しをつけられたみたいにだるく感じた。

太陽の光が入らないせいで暗い階段を、踏み外さないようにゆっくりと下りる。亡くなった祖父母から受け継いだ家は築何十年も経っていて古く、一歩踏みしめる度に軋む音が鳴った。

階段を下りきる。すぐ目の前に玄関がある。胸が痛いくらいに苦しくなる。

ああ、嫌だ。なにか話さないといけないのかな。

プリントを持ってきてくれたんだから、お礼くらいは言わないといけない。そんなことはわかってる。でも、スムーズに言葉を発せられない。最初の言葉のタイミングを失って、つっかえてしまう。その度に相手から訝《いぶか》しげな目を向けられる。

その視線を思い出すだけで、頭の中がぐしゃぐしゃになる。頭を乱暴に掻《か》き毟《むし》って逃げ出したいくらい嫌な気分になる。でも、逃げる場所なんて無い。後ろからお母さんがついて来ている。なにか理由があるのかもしれない。

お母さんには聞こえないように溜息をつく。「ありがとう」と独り言のように呟いて練習する。

大丈夫、たった五文字だ。普段はスムーズに言える『ア行』で始まる言葉だ。

逃げ場が無いことと、言葉を発するのが嫌だという理由で渋々ここまで来たけど、ようやくプリントを持ってきた人と会う覚悟を決める。僕はクロックスに足を入れて、玄関のドアを開いた。

九月に入ったのに、夏の匂いが鼻をついた。炎と煙が辺りを覆っていると見間違う程、真っ赤に染まった夕空に灰色の雲が浮かぶ。暑さの残る空気が玄関から流れ込んできて、重く暑苦しい湿気が僕の肌をじとりと撫《な》でた。

「加瀬真中君で良いのかな」

風鈴の音のような、よく通る声が耳に入った。その声で我にかえる。瞬間、「えっ」という言葉が、詰まることなくスムーズに口から漏れた。

耳の下で切り揃えられた黒いショートカットの髪がまず目に入った。前髪が目に掛かっている。前髪越しにわかる涼やかな蛇を思わせる目元。鼻も口も形が良く、血管が透き通って見えそうなくらい白い透明感のある肌が際立っていた。

可愛いというより美人と形容した方がぴったりとくる容姿。夏用の制服を着ている。紺色のスカートは不自然なくらい長くしていて、足首まで隠れていた。

僕は、この女子を知っている。

まだ学校に通っていた頃、違うクラスだったけど彼女は梅月さんに会いによく来ていた。彼女もまた梅月さんみたいに笑みをよく浮かべていて、類は友を呼ぶって、本当なんだなと思った記憶がある。

名前は確か、明石京子《あかしきょうこ》さんだったはずだ。

だけど、僕が覚えている明石さんの姿は、目の前の彼女の姿とは随分と違っていた。髪は背中くらいまで伸びて長かったように記憶している。

なにより、一番違う部分。

今の明石さんは、鮮やかな橙色の車椅子に乗っている。

それが声が漏れた理由だった。

どうして車椅子に乗っている？　怪我でもして治るまで必要なのか。色々な考えが頭の中を巡り、言葉を失った。

「進路調査のプリント。絶対に提出必要らしいから。はい」

明石さんが膝の上に置いていた鞄の中からプリントを取り出して差し出してきた。

まだまだ元気に生きる蝉《せみ》がけたたましく鳴いている。それにもかかわらず、すんなりと耳に入ってくる。よく通り涼しさを感じさせる綺麗な声色だ。

車椅子に乗ったまま、腕だけを前に出して差し出されたプリントはこちらには全然届いていない。僕は足を踏み出して近づき、差し出されたプリントを受け取った。

「……ありがとう」

最初に少し言葉は出なかったけど、比較的スムーズにお礼を口にできた。プリントは猫をモチーフにした人気のキャラクターが描かれたクリアファイルに挟み込まれていた。

「それじゃ、また」

まだ呆気に取られている僕に、明石さんは一年生の頃に梅月さんと話していたときと同じ柔和な笑みを浮かべた。そして、車椅子ごと慣れた様子で方向転換をして、そのまま、遠ざかって行く。

そのあまりにもスムーズな方向転換に、明石さんが車椅子に乗っての移動に慣れていることを悟った。一時的な怪我ではなく、ずっと車椅子に乗っているんだと。

しばらく呆然《ぼうぜん》と立ち尽くしていた。熱気を含んだ弱い風が体を撫でる。その暑さで我に返る。玄関のドアを閉めて振り返った。

暗がりの玄関。それでも、お母さんが真っ直ぐ僕の顔を見ていたのがわかった。その視線から逃げるように受け取ったクリアファイルに目を落とす。可愛らしい付箋が貼られていることに気付く。付箋にはこう書かれていた。

『また学校で会おうね、ピエロ君』

女の子らしい丸みを帯びた文字。最後には僕が一年のときに周りから呼ばれていた蔑《べっ》称《しょう》が書かれていた。ピエロ君という文字を目にした瞬間は胸がざわついた。でも、その後の文字を見て、騒ぎ出した胸はまた凪《なぎ》のように落ち着いた。いつもの愛想笑いではない、本物の笑みが顔に浮かんだのが自分でもわかった。

『カカシより』

明石さんは自身のことを歩けないカカシだと皮肉っていたのだ。笑えないジョークかもしれない。でも、彼女からの付箋にピエロと書かれていた僕は笑って良いだろうと思った。

少しの間、ピエロとカカシという文字を交互に見る。辺りは静寂。静かなときにだけ聞こえる高音が耳の奥で微かに聞こえていた。

梅月さんと明石さんはまだ友達なのかな。梅月さんはどうしてるのか尋ねてみたいと思った。

「真中、学校に行ってみない？」

空気に消え入りそうなくらい、小さなお母さんの言葉が耳に入った。

胸が締めつけられた。

不登校になってから一度も学校に行けと言われたことはない。それはお母さんの優しさだと気付いていた。だから、実際に学校に行ってみないかと問われると、罪悪感が僕を襲った。

お母さんも、学校に行けと口にしてしまうのは、本心だとしても本望じゃないはずだ。それは声の小ささからわかった。それでも、本心を押し殺せなかった。それは明石さんの姿を見たからだ。車椅子に乗っている女の子ですら学校に行っているという事実に、お母さんの本当の希望、気持ちを隠すことができなかったんだ。

その気持ちは痛いくらいにわかった。単純だなと馬鹿にされるかもしれない。それでも。

明石さんの姿を見たこと。別れ際に笑顔を向けられたこと。その二つは、僕を二年ぶりの学校に向かわせる、その一歩を踏み出させるきっかけとなるには十分だった。

いや違う。もう一つ理由がある。

車椅子に乗った可哀想な女の子が学校に行けばいるんだ。

それが最後の一押しになったのかもしれない。

＊

朝、二年ぶりに学校の制服に袖を通した。体だけは随分と成長したらしい。だぼついていた制服が少し小さいくらいになっていた。これはこれで不恰好だな、と自嘲気味に笑って部屋を出る。途端、下っ腹の辺りが締めつけられるような痛みに襲われて、トイレに入った。

緊張のせいか学校が怖いのか、腹痛の他に、手が震えていた。

自分の弱さが嫌になる。学校に行く。それだけなのに、まるで処刑台前の十三階段を上らなければいけないかのように、恐怖心でいっぱいになる。

弱いな、と呟く。相変わらず独り言だとスムーズに言葉が口から出た。

やっぱりこのまま休んでしまおうか。今まで通り出口の無い休みに逃げ込んでしまおうか。

そう思った瞬間、頭に明石さんの姿が浮かんだ。

手での車椅子の操作に傍《はた》から見ても違和感が無かった。車椅子になってから慣れるだけの時間が経っていることがわかる。たぶん明石さんは歩けない。そんな明石さんでも、制服を着て学校に行っている。制服を着るのだって、五体満足の僕の方が簡単だろう。学校に行く道も、車椅子の明石さんに比べたら障害物なんて無いに等しい。それなのに、登校する気持ちが揺らいでしまうのは、心の強さが劣っているからだ。

大丈夫。学校に行かなくなって二年経った。今更、誰も僕に興味なんて持っていない。岡本君だってもう転校したんだ。これが再び歩き出す為の一歩を踏み出すチャンスなんだ。これを逃したら、きっともう中学校には行けない。

このまま引きこもってちゃいけないことくらいわかってる。

トイレのドアを開く。廊下の窓から射しこんだ太陽の光がやけに眩しく感じ、目を細める。

玄関まで行くと居間からお母さんが出てきた。少し不安そうな表情を浮かべている。

「行ってきます」

スムーズにその言葉が出た。それだけで、今日学校に行くのは間違っていない気がした。

「真中」

お母さんが名前を呼んだ。頑張れって言うのかな、そう思いながら振り返る。

「ここが、真中の家だから」

強い眼差しだった。その言葉と視線には、『辛くなったら帰っておいで』そんな意味が込められていると感じた。

僕は小さく頷く。まだ学校に通っていた一年の頃の白いスニーカーは小さくて足が入らなかった。代わりに、お父さんが冠婚葬祭《かんこんそうさい》のときに履く革靴をお母さんが出してくれた。ふと、学校に行かない僕になにも言わずにいてくれる、お父さんの凄く大きな背中が思い浮かんだ。体もお父さんの方が大きいと思っていたのに、いつの間にか足のサイズは同じになっていた。

毎日部屋の天井を眺めて、生きているのか死んでいるのかわからなかった。だけど、こうして自分の体の成長がわかると、生きているんだと実感する。

玄関のドアをゆっくりと開く。残暑ですぐに汗が滲《にじ》む。その熱気に眩暈《めまい》がした。数秒かけて瞬《まばた》きをする。一瞬だけ揺れた視界が通常に戻った。高く、堂々と浮かぶ入道雲が目に入る。昔のハリウッド映画の大きな白いお化けみたいだと思った。あの雲がこちらに来ると嵐になるのだろうか。学校に行くことに不安を感じないように、別のことを考えながら歩いた。

それでも、中学一年のときに毎日向けられていた嘲笑が頭に浮かんだ。その度に、胸が締めつけられる。お腹の辺りが刺されたみたいに痛む。

何度も帰ろうかと思った。でも、今日行くことができないと、一生家に閉じこもってしまうような気がした。学校に行く怖さと将来の不安の板挟みになる。足が何度も止まる。

蝉の鳴き声が、またあいつ止まってるよと笑っているように聞こえた。

うるさい。

心の中で叫び、耳を塞いだ。

そうすれば笑ってるような蝉の声も聞こえなくなって、気が楽になると思った。それでも微かに聞こえる夏の喧騒《けんそう》が、一年のときの陰口のように聞こえて、鼓動が速くなった。

怖い。

新興住宅街の中。車二台がぎりぎりすれ違うことができるくらいの道幅。似たような色合いの家がいくつも連なって建っている。道はよく見ないとわからないくらい傾斜の弱い上り坂なのに、僕には立ちはだかる壁のように見える。動けなくなって立ち竦《すく》んだ。

突然耳を塞いで立ち止まった僕を、犬の散歩をしていた高齢の男性が怪訝な目で見てきたのがわかった。その視線は、一年のときにクラスメイトが僕に向けた蔑んだ目を思い出させた。呼吸が浅く速くなり、恐怖心で足が震える。頭の中が僕に対する陰口と蔑んだ目でいっぱいになる。目を瞑《つむ》り「もう嫌だ！」そう叫びそうになった瞬間、風が吹いた。しばらく立ち止まっていた僕の体を優しく撫でて吹き抜けていく。気付かないうちに滲んでいた冷や汗が風で更に冷たくなった。夏の暑さが残る外気に、それは気持ち良く感じた。

その涼やかな風に、明石さんの目を思い出す。

僕の目に壁のように見えている坂。明石さんはどうだろうか。車椅子だとこの坂は辛いんじゃないか。いくら傾斜が緩いとはいえ、本当に壁みたいに感じているんじゃないか。

そう考えてもう一度坂を見る。立ちはだかっていた坂は、ただの緩やかな坂になった。

一歩踏み出す。

「そのまま行け」

笑っていたように聞こえていた蝉の鳴き声が、背中を少しだけ押してくれたような気がした。

大丈夫。遅刻しているけど、今日は行く。行かないとお母さんの期待も裏切ることになる。一歩一歩、ゆっくりとアスファルトを踏みしめるように学校に向かった。

それでも気持ちは弱いなと、自虐的に鼻で笑った。

学校についたらいきなり教室に行くんじゃなく、保健室に行こう。そう思ったからだ。

登校時間から随分と過ぎた誰もいない校門。もう三時間目あたりにさしかかっている頃だ。

久しぶりの学校に息苦しくなる。じりじりと肌が焼けるような強い陽射しのせいか、それによって熱されたアスファルトの熱気にあてられたのか、また眩暈がした。

瞼を強く閉じる。暗くなった視界。頭がくらくらとする感覚は残る。鳩尾《みぞおち》の辺りが締めつけられたような違和感がある。

これは太陽のせいでも、アスファルトの熱気のせいでもない。僕がまだ恐怖心を持っているせいだ。だけどもう引き返しちゃいけない。

「おい、遅刻だぞ」

目を瞑って深呼吸をしていると、夏の鬱陶しい湿気よりも更に不快な、低い滑《ぬめ》るような声が聞こえた。目を開く。くたびれたジャージを着て、目の下に大きなクマを作り、腫れぼったい目でこちらをじとりと見ている中年の男と目が合った。

僕はなにも言わずに、小さい会釈《えしゃく》を返事代わりにする。この男のことは知っている。一年のとき、僕がいじめられてるんじゃないかと、クラスのみんなの前で聞いてきた生徒指導の芳賀《はが》だ。

僕はこの教師が嫌いだ。だから、心の中で芳賀と呼び捨てにしている。

「早く教室に行け」

芳賀は溜息交じりに口にする。その言い草はあのとき、いじめられてるのか訊ねてきたときと同じだった。当時の僕はいじめっ子の前で「はい」なんて言えるわけないと思った。でも、そんなことは芳賀もお見通しだったんだろうと今はわかる。みんなの前で聞いてきたのは僕の口から「いじめられてない」と言質《げんち》を取る為だったんだ。早く芳賀の前から離れたかった。でも、進行方向に芳賀がいるせいで進めない。

芳賀は訝しげに、死んだ出目金みたいな目でこちらを見つめ、「加瀬か」とやっと思い出したように口にした。

頷いてみせる。芳賀が目を逸《そ》らし、舌打ちしたのが聞こえた。声には出てないが「面倒がやってきた」と思っている。そんな顔だった。

「お前は三年三組だ。場所は……」

ジトリと目を見てくる。嫌な視線と目を合わせたくなくて、俯《うつむ》いた。

その様子を見ていた芳賀がまた舌打ちをして、面倒そうに言った。

「ついてこい」

胸が掴まれたみたいにキュッとなった。

まずは保健室に行って心を落ち着かせてからと考えていた。でも、その意思を伝えることができない。伝えようと言葉を発すると、つっかえてしまうかもしれない。そうなるくらいなら、自分の意見を押し込めた方がマシだ。

なにも言わず、芳賀の後ろをついて歩くことにした。

一歩進むごとに心臓が強く鼓動するのがわかった。

革靴を下駄箱に入れる為に、中庭を通って昇降口へ向かう。俯きながら歩いた。道中、視界には中庭に敷き詰められている大小様々な砂利《じゃり》しか入らなかった。

下駄箱にお父さんの革靴を入れる。芳賀が「白の運動靴にしろ」と生徒指導らしい言葉をぶっきらぼうに言った。僕は得意の愛想笑いを返事代わりに浮かべた。

またピエロになってしまった。

一年のときにノートに書かれた言葉が頭に思い浮かび、誰にも聞こえないように自嘲気味に鼻を鳴らした。

革靴から履き替えた上履きは、汚れ一つなく真っ白だ。一年のときに履いていた上履きは落書きされたり、ゴミ箱や運動場に投げ捨てられたこともあって、汚れが酷く随分前に捨てた。だから今日家から持ってきた上履きは新品だ。

磨かれた廊下の上を一歩進む度に、ゴム底が擦れる甲高い音が響いた。授業中の為かやたらと静かで、太陽の光が射し込む廊下を見て、学校に来たんだと強く実感した。

階段の前で立ち止まり、顔を上げる。

確か三年生の教室はこの階段を上った二階にあった記憶がある。

芳賀は、階段の前で立ち止まったまま、僕に視線を向け、呟いた。

「加瀬は、三組だったな」

さっき外で芳賀がそう言っていたので間違いないだろう。小さく頷いて見せた。

「こっちだ」

芳賀は階段を上らず、一階の廊下をそのまま奥に向かって歩き始めた。二階じゃない？僕の記憶違いだったのだろうか。そう思いながら僕は後ろをついて歩いた。

今は使われておらず物置になっている教室と多目的教室を越えて、一番奥の教室付近まで来ると、授業中の先生の声が壁越しに耳に入ってきた。

どうやら、三組は一階の奥の教室を使用しているらしい。

芳賀は歩くスピードを緩めない。教室の二つあるドアのうち前の方から入るつもりらしく、後ろのドアを素通りして廊下側の窓の前を通った。右肩にかけた学校指定の鞄の持ち手を両手で強く握り締める。緊張でじとりと手汗をかいているのがわかった。震える足をなんとか動かして歩く。窓から見える教室の中に視線を向けるのが怖くて俯いた。

それでも視界の端に教室の様子が映る。廊下側の列の生徒が芳賀と、その後ろについて歩く僕を見て、少しざわついたのが見てとれた。まるで、動物園で珍しい動物を見た客のような反応のように思えた。

「ここだ」

ひと言、芳賀が僕に声をかけてドアを開く。授業をしている女の先生の声が壁という障害物を無くし鮮明に聞こえた。芳賀が入っていったことで一旦、授業が止まった。

「ああ、丁度良かった。加瀬、今の授業は担任の授業だ。顔を見せろ」

言いながら、芳賀は体ごと横に避ける。担任に僕が来たことを知らせる手間が省けたことを喜んでいるように聞こえた。

視界に規則正しく並べられた机と椅子、制服を着た男女の姿が入る。黒板に書いてある内容で、理科の授業中だとわかった。それは、どこにでもある普通の学校の教室の光景。僕には二年ぶりの景色だった。

懐かしい。でも、感慨深さは無い。ただ怖い。教室内が波のようにざわつき始めた。そのざわつきの声は一つ一つが小さくてなんて言っているのかはわからない。でも、悪口を言われているような気がして、足が床に貼り付いたように動かなくなった。体はまだ廊下にある。芳賀がドアの前から退いて、早く入れと言わんばかりの目で僕を睨む。一歩、いや半歩踏み出せば教室だ。それなのに、ここまできて躊躇《ちゅうちょ》してしまう。

「加瀬君、よく来たね」

女の先生が僕のもとまで歩み寄り、手をとった。

「担任の笹谷一穂《ささたにかずほ》です。ほら、入りましょう？」

握った手を引っ張って僕を教室内に招き入れた。

そんなことをされるとは思っていなかった。いとも簡単に教室内に足を踏み入れた。黒板の近くだからか、チョークの匂いがした。

「それじゃ、後は任せます」

「はい、ありがとうございました」

芳賀が笹谷先生にひと言告げた後、小さく溜息をついたのが聞こえた。やっと面倒な仕事から解放されたとばかりに、足早にその場から離れていった。

「色々と話はしたいけれど今は授業中だから。加瀬君席に座って。えっと席は」

笹谷先生が僕の席を探し始める。すると、

「先生！　自己紹介させてよ！　自己紹介！」

声変わりし始めたばかりの、しゃがれた男子生徒の声が響いた。

その言葉に胸が締めつけられた。目の前がふわりとした。嫌だ、と即座に思った。すぐに自分の席に座ってしまいたい。僕も自分の席を探そうと教室内を見回す。そこで、自己紹介を促した男子生徒の顔を見てしまった。

前には無かったニキビ痕が随分と目立つようになり、顔立ちも大人びてきているけれど、その顔には見覚えがあった。岡本君と一緒に、僕に暴力をふるってきた生徒の一人だった。

ニキビ面《づら》に悪巧みをしているような不敵な笑みを浮かべてもう一度、

「三年になって初めてじゃん。知らない奴いるだろうし、自己紹介してもらおうぜ」

と提案した。やっぱり僕を笑いものにするつもりなんだ。

自己紹介なんてできない。どうせ言葉がつっかえる。みんなに笑われる。

笹谷先生、僕はしたくありません。すぐに席に座るので授業を再開して下さい。

本当はそう言いたかった。だけど、その言葉すらもすんなりと出てくる保証は無い。そこで言葉を詰まらせると、結局、笑いものになってしまう。自己紹介をしたくないという意思表示すらできずに立ち竦み、笹谷先生が賛同しないように強く祈った。

「そうね。せっかくクラスメイトが来たんだもんね。加瀬君、自己紹介してくれる？」

それは、僕にとって死刑宣告にも似た言葉。無情にも祈りは届かなかった。

僕はうんともすんとも言わず、沈黙の抗議をして逃れようと必死に抵抗する。数十秒、時間は進む。沈黙が長くなればなるほど、クラス内のざわつきは大きくなっていった。そのざわつきに笹谷先生は焦ったのか不安を覚えたのか、少しだけ急かすようにこう言った。

「加瀬君？」

ダメだ。逃れられないと悟った。もうやるしかない、逃げ場は無いんだから。

拳に力を入れる。大丈夫、たった五文字の自分の名前を言うだけだから。大丈夫、言える。

心の中で何度も大丈夫だと言い聞かせた。静かに息を深く吸って、口を開いた。

「……」

声が喉で止まる。引っかかるというよりも、そこに壁があって、その壁を声が乗り越えられないような感覚。それを無理矢理乗り越えさせようと体中に力が入る。

「…………か、か」

更に力が入る。どんな形でも良い、「加瀬」と名字だけ喉から出てくれれば、「真中」という名前はまだすんなりと出るんだ。だから、早く出てくれ。

「…………か、か、か」

早く言おうとすればするほど、言葉が出てこない。クスクスと笑い声が聞こえ始めた。その笑い声を早く止めたくて、もっと力を入れて声を出そうとする。それでも出ない。

ああ、ここから先は知っている。笑い声が大きくなる。そうなると、自己紹介させようとしてきた奴が僕をからかう。そうしたら教室内がもっと大きな笑いで包まれるんだ。

それは今まで何度も経験したこと。その未来がわかりきっているから、もう言葉を発するのは諦めて、愛想笑いを作ることだけを考え始めた。

その瞬間、教室の後ろのドアが開かれた。反対側の窓も開いていて、通り道を見つけた湿気を含んだ風が教室に舞い込み、カーテンが大きくなびいた。

「遅れてすみません。連絡はしましたが、病院に行ってから来ました」

リン、と風鈴のような透き通った声がクスクスと笑い声がこだましていた教室の空気を切り裂いた。同時に生徒達の注意が逸れてそちらに向かう。

声の主は昨日見た。耳の下で揃ったショートカットに白い肌。足首まで伸ばした制服のスカート。そして、それらより一際目立つ、橙色の車椅子。

遅れてきたのは、僕に学校に来るきっかけを与えてくれた明石さんだった。

明石さんは目に掛かった前髪越しにでもわかる、蛇のような涼やかな視線で僕を見つめ、「加瀬真中君だ。学校、来たんだ」

僕の名前を口にした。その後、先生に向かって車椅子に座ったまま、頭を下げた。

「授業を止めてすみません。加瀬君、私の隣の席ですよね。ほら、座りなよ」

続けて、僕を一瞥《いちべつ》し両手を上手く使い、車椅子を操作して廊下側から二列目の一番後ろの席へと向かった。

笹谷先生が目を瞑り、握った拳で自分の額を軽く叩いた。

「みんな加瀬君がわからないことがあったら手伝ってあげて。加瀬君も明石さんの隣の席に座って。授業始めるわよ」

僕は有無を言わせないような明石さんの言い方に従うしかなかった。結局、男子生徒の提案した自己紹介はうやむやになった。意図したのかどうかはわからないけれど、そのことに心の底から安堵して、明石さんに感謝した。

明石さんの隣、廊下側窓際の一番後ろの席に向かう。視線だけを動かして、クラスメイトの顔を確認していく。こうやって人の顔色をうかがうのも癖になっていてうんざりする。自己紹介させるよう提案した男子生徒の姿が目に入った。どこか面白くなさそうな、不服そうな顔をしていた。その表情が怖くて、すぐに視線を逸らす。

僕と明石さんが席に到着するのを確認した笹谷先生が理科の授業を再開させる。

二年も遅れているから授業内容は全くわからない。それは当たり前だ。でも、それ以前に先生の話を聞こうとしても頭に入ってこなかった。

それは明石さんの車椅子が気になったから。そして、転校していった梅月さんと連絡をとっているか、とっていたら元気なのか、尋ねてみようかとずっと悩んでいたからだ。だけど、それを尋ねようとしても、どうせ言葉を上手く発せられない。それなら聞かない方が良い。結局、ひと言も発さないまま放課後になる。

帰りのホームルームが終わると騒がしくなった。中学三年の二学期にもなるとみんな部活を引退していて、うだうだと会話をしながら帰り支度をしている。

僕は相変わらず椅子に座ったまま、みんなが帰るのを待つ。大勢の下校の中に紛れると、一年の頃に同じクラスだった生徒にも見つかって、からかわれるかもしれない。それなら帰りが遅くなっても、ほとんどの生徒が帰ってしまってから一人で下校した方が気分的にも楽で良い。

適当に教科書を眺めて時間が過ぎるのを待つ。隣の席に座る明石さんの様子が気になりつつも、気にしていないフリをする。明石さんに一人の女子が近づいて来た。

一緒に帰るのかなと思ったけど、それはその女子の発したひと言で違うと悟る。

「ねえ、プリント持っていってよ」

女子生徒はクラス全員分のプリントを明石さんの机の上に置いた。明石さんがなにかを言う前に「じゃ、よろしく。ありがとねー」と心にも無い感謝の言葉を残し、ドアに向かって歩き出す。ドア付近にはその女子を別の女子が待っていて、一緒に出ていった。

二人は廊下を歩きながら大きな声で会話をしていて、それが嫌でも耳に入った。

「押し付けて良かったの？」

「いーのいーの、あの子座ってるだけだし、重たくないっしょ。ほら、あたし乙女だしプリント十枚以上持てないんだよねー」

ゲラゲラと下品な笑い声が遠ざかっていった。

その言葉に、一年の頃自分に向けられた言葉や視線、態度を思い出して顔が熱くなり、鼓動が速くなった。当時の事を思い出して腹が立ったのか辛くなったのか、どちらの感情が湧いてきたのか自分でもわからなかった。

だけど、それとは別にわかったこともある。

あの女子生徒は絶対に明石さんの友達ではないということと、明石さんはクラスメイトからぞんざいに扱われているということ。その二つ。

明石さんはプリントの上に手を置くと小さく溜息をついた。それを両手で持って車椅子に乗っている自分の膝の上に置いた。蛇のような視線をこちらに向け、右手を差し出してきた。

「加瀬君も進路調査のプリント頂戴。持っていくから」

綺麗な声色。透明と言っても過言ではないかもしれない。

「ま、まだ白紙で。ぼ、僕のは自分で持っていくから」

言葉を言い切って一息つく。本当なら僕が全部持って行くよと言うべきなんだろうけど、それ以上の言葉を口にしたくなくて、会話を終わらせようとした。

「そっか」

明石さんがニコリと微笑む。そのまま車椅子を操作して進み始める。僕は少し慌てて鞄の中から進路調査のプリントを取り出して、適当に知っている高校の名前を書いて後を追った。教室にはまだ何人か生徒が残っていた。その中に自己紹介させようとしてきたニキビ面のあいつもいた。

三組の教室がある一階の廊下は既に閑散としていた。少し先に車椅子で自走する明石さんの後ろ姿が見えた。

追いかけるように少し速く歩く。静かだった廊下に新品の上履きが地面に擦れる不快な音が響く。

手を伸ばせば触れることができる距離まで近づく。明石さんはこちらを一瞥して、すぐ前を向いた。

やっぱり全部持って行くよ。そう言おうとしても言葉が出ない。明石さんが進むスピードと同じペースで歩いた。

職員室は隣の校舎にある。一度、外に出なくてはいけない。出入り口の引き戸にある溝の段差は大丈夫なのだろうか、そんな心配はしても「手伝おうか」と言えない自分が情けなかった。最悪、なにも言わずに車椅子を押してやれば良い、そう自分に言い聞かせて、プリント持って行くよ、と言えない自分を慰めた。

結局、引き戸の溝は明石さんにとってはなんの問題でもなかったようで、楽々と乗り越えた。外に出てコンクリートの平らな床を進む。西日が僕達を射した。足音は一人分でも、西日によってできた、やたらと身長が高く見える影は二人分だった。

職員室のある校舎に入る。職員室はこの校舎の一番奥。長い廊下を車椅子の明石さんが前を、僕がその後ろをついて歩く。明石さんの膝の上に置かれたプリントは、崩れることなく教室を出たときのままの姿を保っていた。

職員室まであともう少し。そのとき、右手側にある階段から部活中なのか体操服を着た男子生徒が飛び出してきた。

危ない、ぶつかる。

明石さんは車椅子のハンドリムをギュッと握って急停止しようとする。膝の上に置いたプリントが勢いそのままに床に散らばった。

急いでいたのだろうか、体操服の男子生徒はひと言だけ謝ると走ってその場から去っていった。

遠ざかっていく足音を耳に、僕と明石さんは床に落ちたプリントを眺めていた。

顔が熱い。謝るだけじゃなくて拾えよ。そう思った。でも、それが怒りなのかどうか自分でもわからない。ピエロのように、不都合なことには作り笑いを浮かべてやり過ごしてきた。そのせいで怒り方を忘れてしまった。それに、本当に怒っていたとしても、それはあの男子生徒に対してなのか、「拾えよ」と言えなかった自分になのかわからない。

車椅子の上からプリントを拾おうと必死に細い腕を伸ばす明石さんの姿が見えた。それでやっと我に返る。遅れて、拾い始める。

時折、プリントに書かれたクラスメイトの名前が目に入る。ほとんど知らない名前だった。一学年に三クラスしかない小さな中学校、それなのにクラスメイトの名前すら知らないことに、それだけ引きこもっていたんだと実感した。

左腕にプリントを抱えたまま、車椅子の足元に落ちた最後の一枚を拾おうと右手を伸ばす。足首まで伸ばされたスカートの裾から、細い、骨だけになったような足首が見えた。瞬間、首が締めつけられたような感覚が襲った。抗《あらが》う間もなく首元を引っ張られ、顔を上げる。

蛇のような目と合う。鼻先十センチの位置に明石さんの白くて整った顔があった。僕の制服のネクタイを明石さんが右手で掴んで引っ張っていた。柑橘《かんきつ》系の匂いが鼻をくすぐった。

突然のことで言葉が出てこない。数秒の静寂があった後、明石さんが口を開く。

「君、私のこと見下してるでしょ」

風鈴の音を思い出させるような綺麗な声ではなかった。分厚い鐘を鳴らしたような低く後を引くような声。あの綺麗な声は作ったものだと知った。

瞬きもせず至近距離から僕を睨む視線。静かな物言いとは裏腹に、目の奥には嵐のような怒りが秘められていると感じた。

「なにその笑み。歩くこともできない可哀想な奴からなにされても怖くないって余裕のつもり？」

その言葉に僕の心が荒く騒ぎ出す。それは怒りではないことは自分でもわかる。また無意識のうちに、ピエロみたいに笑っていたという事実に対しての羞恥心と情けなさだろう。

「君さ、なんで学校に来たの？」

ネクタイを掴んだまま明石さんが問いかけてくる。

「明石さんが、ふ、付箋を貼ってくれたし、わ、笑ってたから」

つっかえながらではあったけど、不思議と言葉が出た。明石さんは表情を崩さず「へえ」と息を吐くように相槌《あいづち》を打ち、冷たく訊ねてきた。

「でもさ、それって本音なの？」

「えっ？」

ポツリと言葉が漏れる。本当、こういうときだけはスムーズに言葉が出てくる。

「確かに私は付箋を貼ったし君みたいに作り笑いを浮かべたね。でもさ、二年も不登校だった奴が、あんな付箋と笑顔一つで学校に来るわけないでしょ？　本当のこと言いなよ」

「ほ、本当だから」

目を逸らす。それは明石さんからか、それとも自分の中にある思いからか。たぶん、どっちもだ。

「嘘」

明石さんはそう呟いた。次の言葉で僕は、逸らそうとした自分の考えを突きつけられた。

「君さ、安心したんでしょ。学校には自分より不幸な奴がいるって」

その声は、耳というより脳に直接響いたような気がした。

「そ、そんなこと」

こう言うのが精一杯だった。違うと言えなかった。僕はそれを否定できない。家の玄関で明石さんの姿を見たとき、安心したような気がする。僕より不幸な人間が学校にいる、と。

だから、付箋が貼ってあったからというのは、本音を隠す建前なんだと自分でも思う。

フッと首元が緩む。かなり強く引っ張られて、そのせいできつく締めつけられていたらしい。空気が一気に喉を通り、咳き込んだ。近くにあった顔が遠ざかる。その場にへたり込んで明石さんを見る。獲物を狙う蛇のような視線から一転、玄関先で見せてくれた三日月のような目をした柔和な笑みを浮かべていた。

「でも私のこと見下してくれても良いんだよ。私も、君のこと見下してるから」

風鈴を思わせる綺麗な作った声色。また、スムーズに「えっ」という言葉が漏れた。

「ちゃんと話せない可哀想な奴だって、君のこと心の底から見下してるの」

その笑顔と声色からは想像もできないくらい、僕のことを馬鹿にした言葉。

「私は君を見下してるから。私も君に見下される覚悟できてるから、とことん見下してよ」

「そ、それは、ど、ど、どういう意味？」

「君だけは私のことを見下して良いよ。怒らないって約束するよ」

なにを言っているのか理解できない。とても楽しそうな顔で口にする言葉からは、その明るさとは裏腹に薄ら寒さを感じる程、感情が伝わってこなかった。

明石さんはまた笑顔を崩し蛇のような目になり声色が低くなる。

「君だけは『障がいを持った』辛さを知ってる人間だから、私のこと見下して良いよ」

胸とお腹の間辺りがふわりとした。

マゾなのか。障がいを持っていると言われて、少し心地良いと感じた。

明石さんは、また笑みと綺麗な声色を作り、僕達の関係を提案してきた。

「君が私のこと見下して良い代わりに、私にも君を見下させて。そうして、互いが互いを自分より下の人間だって思いこんで、心穏やかな学校生活を送らない？　そういう関係でいようよ」

その提案に少し考える素振りをする。

でも、あくまでそれは素振りで、心は決まっていた。明石さんに言われた通り、既に一度、明石さんの姿を見て自分より不幸だと安心したんだから。

それに、初めて僕の吃音が『障がい』と人から認められたことが嬉しかった。

変に思われるかもしれないけど、今まで普通でいないといけない、そう思って吃音を隠そうと生きてきた。でも、明石さんはそれを『障がい』として見てくれていた。勝手な解釈かもしれないけど、普通じゃなくて当たり前と認めてくれた気がした。

互いを見下すというのも『そのままで良い』と言ってくれているんだと感じた。吃音を治してしまうと、明石さんは僕のことを見下せなくなるのだから。

「うん」

明石さんの提案を受ける返事をして、拾ったプリントを明石さんに差し出す。僕の返事

を聞いた明石さんは、満足そうに微笑んで、

「交渉成立。よろしくピエロ君」

と、わざとらしく僕の蔑称を透明感のある方の声で言いながらプリントを受け取ってくれた。なんとなく、プリントの受け渡しが同意の握手のような気がした。

僕も言い返してやれば良かったかもしれない。でも、カ行は言葉が詰まるから、心の中でカカシさんと言い返してやった。それだけで僕は十分だ。

その後、僕達は会話もせず職員室に向かう。進路調査のプリントを先生に渡した後、会話の無いまま教室へと戻った。途中、校舎と校舎の間にあるコンクリートの上にできたやたらと長い影が、職員室へ向かうときよりもほんの数センチ近づいたように見えた。日が暮れてきたというのに風は生温《なまぬる》く、蝉の声は大きかった。

教室には誰もいなくなっていた。代わりに黒板に大きく相合傘が描かれていた。そこに僕と明石さんの名前が書いてあった。

僕はまだからかわれる対象なんだと実感する。それは明石さんも一緒だ。

でも、心は思ったよりも騒がなかった。僕の隣に明石さんがいるからだ。僕と同じくらいからかわれてて、僕よりも不幸な彼女の存在が僕の心を穏やかに保ってくれたのかもしれない。

「金田《かねだ》、かな」

明石さんが職員室の前以来、初めて口を開いた。僕は明石さんに顔を向けて首を傾げた。

それに気付いたらしい明石さんも、こちらに目を向けた。

「ニキビ面の奴。君、一年のとき、あいつに色々されてたじゃん。名前覚えてないの？」

僕は「ああ」と呟いた。そんな名前だったと今、思い出した。

明石さんは、そんな僕の様子を見て笑った。

「マジで覚えてなかったんだ。まあ子分体質な奴だし、君に自己紹介させて笑おうって魂胆潰してやったから、こうやって間接的なことしかしないでしょ」

今日、登校してきたときのことを思い出す。やっぱりあれは、明石さんが僕に自己紹介させないようにしてくれての行動だったらしい。助かったよ。ありがとう。

そのことに心の中で感謝をする。すると、明石さんは僕を見上げて口を開く。

「消す？」

言葉をつっかえさせながら明石さんに任せるよと返す。

人任せかー、と笑いながら明石さんは言った。

「じゃ、このままにして帰ろう。私、黒板の上まで手届かないし」

頷いてみせる。

明石さんは僕が頷いたのを見ると、すぐに「じゃあねー」と言って教室を出て行った。

僕は明石さんの後ろ姿を見送った後、もう一度黒板に目を向ける。

やっぱり心がざわついたりしない。別に相合傘が嫌じゃなかったからだ。僕は明石さんを見下してて、明石さんも僕を見下してる。あまりに互いを異性として見てないから、相合傘を見てもなんとも思わなかったんだろう。少しでも意識していたら、こんなの嫌だって思ってたはずだ。

鞄を手にとって教室を出る。先に出た明石さんが、昇降口で靴を履くのに時間がかかっているようだった。なんとなく、さっき別れたばかりなのにまた顔を合わせるのが気まずくて、明石さんが靴を履いて姿が完全に見えなくなるまで校舎の物陰に隠れて待ってから、家路についた。

帰り道、橙色に染まった空とひぐらしの鳴き声が聞こえる町中を軽やかに歩いた。明石さんの姿を思い浮かべ、彼女の言葉の裏を深読みした自分なりの解釈を口にする。

「普通じゃなくても、良いんだ」

相変わらず独り言だとスムーズに口から出る言葉に、嫌気が差して溜息が漏れた。その声と溜息の音はひぐらしの鳴き声に混じって消えていった。

＊

二年ぶりに登校した次の日は雨だった。

学校に行くのは面倒で休もうかなと考えた。だけど、学校に行った次の日に休んだりしたら、きっとお母さんが心配する。

傘を叩く雨音を耳にしながら、緩やかな上り坂になっている通学路を、重い足取りで歩いた。登校時間ギリギリに教室に入る。黒板には敢《あ》えて消さなかった相合傘が描かれたままだった。

僕と既に登校していた明石さんにクラス中の視線が集中したのが痛い程わかった。嘲笑する声も微かに聞こえる。視線と笑い声に嫌な気持ちになる。気がつくと、頬に力が入っていて口角が上がっていた。また、嫌な気持ちを押し殺す為にピエロになろうとしていた自分に呆《あき》れてしまう。

それに比べて、隣の席の明石さんは動じる様子もなく文庫本を読んでいた。その姿を見習って、僕も意識して真顔をキープする。そのままホームルームが始まるのを待った。

それでも、周りの反応が気になる。瞳だけを動かして教室を見回した。面白くなさそうな表情を浮かべるニキビ面の男子、金田君が視界に入る。

そういえば明石さんが彼の仕業だって言ってたっけ。うろたえもしない僕達が面白くないって表情をしていることから、確かにそうらしい。

チャイムが鳴る。ホームルームの為にやってきた笹谷先生がそれを見て、教室の入り口で数秒動きを止めた。そして、教壇に立つと怒気を滲ませた顔で教室を見回した。

「これを描いたのは誰ですか」

まだ昨日から登校し始めたばかりの僕でも、温厚だと感じていた笹谷先生の怒りを含んだ口調に教室内の空気が張り詰めたのを感じる。当然こんなことをしたと名乗り出れば怒られることはわかりきっているだろうから、誰も名乗り出ない。

笹谷先生が僕と明石さんの方に視線を向けた後、なにかを考えているのか目を瞑った。数秒後、ふっと短い息を吐いてから瞼を開いた。

「絶対にこんなことはしてはいけません」

さっきよりも語気を強くした言葉に、誰もなにも言えない。先生は生徒側に背中を向けて、黒板に描かれた相合傘を消してホームルームは終わった。

ホームルームが終わると、笹谷先生が体育館に行くよう全員に指示した。

登校を再開して二日目の僕には、体育でもないのに体育館に行く理由がわからなかった。明石さんに尋ねようか迷う。でも、言葉を詰まらせる。それを明石さんだけではなくて、他の生徒にも聞かれたら笑われるかもしれない。その嘲笑を想像すると、胸が締めつけられる。迷っている間に明石さんは教室を出て行った。結局、体育館に行く理由がわからないまま、雨雲のせいで薄暗い廊下を一人で歩き体育館へ向かった。

途中、数人の女子生徒が廊下の幅いっぱいに横に広がってゆっくりと歩いていた。そのすぐ後ろを明石さんは文句も言わず、ゆっくりと車椅子を操作して移動していた。

体育館の前に到着する。外は雨が強く降っている。正面入り口から入ろうとすると、屋根の無い空の下を歩く必要があり濡れてしまう。だからみんな、屋根のある通路から直接中に入れる、体育館脇のドアから中に入っていくなか、明石さんだけは正面入り口の方へと向かって行った。通路の屋根の下で一度止まる。体育館脇のドアの前から遠目に様子をうかがう。明石さんは、蛇みたいな目を空に向けていた。溜息をついたように見えた。

どうしてこっちから入らないのだろうと疑問に思いながら、先に中に入ろうとドアの前にある高さ二十センチ程の段差に足をかける。そこで気付いた。

明石さんはこの段差を乗り越えられないんだ。

僕はかけた足を元に戻す。正面入り口の方にはスロープがあるのかもしれない。でも、スロープなんてあったかな。

ふと、疑問に感じて一年の頃の記憶を呼び起こしてみた。スロープがあったかどうかなんて覚えていなかった。スロープが必要になる人間と接する機会があるなんて想像もしてなくて、気にもとめていなかったんだ。

自分でも無意識のうちに明石さんがいる方向へと歩き出していた。一度、明石さんがこちらに視線を向けた。

近くで立ち止まって、正面入り口の方へ目を向ける。入り口のドアの前に三段程の階段があった。端には階段と平行になるように短いスロープがあった。

やっぱりそのスロープに見覚えはなかった。もしかしたら、明石さんがこういう体になってから、急遽《きゅうきょ》作ったのかもしれない。

だけど、そのスロープは不親切に見えた。階段と平行になるように設置されているそれはとても距離が短い。その分、勾配が急になっていた。

これを車椅子で自走して上るのは、ちょっと大変なんじゃないか。

始業式や終業式、他にも体育館を使うことなんて多々ある。それでも、今日まで改善された様子もないということは、明石さんは上れないわけではないのか。

もしかしたら誰かが手伝っているのかなとも考えた。でも、目の前にいる明石さんを手伝おうとしている生徒なんて一人もいない。この学校の生徒にとってはこれが普通なんだと、冷たさを感じた。

昨日、互いを見下して安心する関係でいようという明石さんの提案を了承した。でも、だからと言って手伝わないで良いということにはならない。昨日プリントを持っていくと言えなかった負い目もある。

それに、明石さんに自己紹介という地獄から救ってもらった恩もある。恩を受けて見下すなんてことできないよな。この雨の下、一人で移動するよりも僕が押して駆け足で入った方が濡れる量も少ないはずだ。

明石さんの車椅子の後ろに立って、手押し用のハンドルを握る。深く息を吸って、雨の下に飛び出した。明石さんが、ひゅっと短く強く息を呑んだ音が微かに聞こえた。

雨が僕達の体を打つ。お構いなしに小走りで車椅子を押す。

明石さんの乗った橙色の車椅子は想像していたよりもずっと軽い。短く勾配の強いスロープもなんなく上ることができて、すぐに入り口から体育館の玄関に入った。

思っていたよりも雨による被害が少なく済んだことに安堵する。

これで昨日の恩を返した。貸し借りがなくなり本当に対等になれた気がした。だから、お礼を言われるのも違うなと思う。明石さんがなにか言う前に玄関からみんながいる体育館の中に入っていく。明石さんを追い越す為に横を通ったとき、横目で様子をうかがう。明石さんは僕を睨みつけるような視線で見ていた。少し怖くてびびったけど、気付いていないフリをして先に中に入る。

体育館の中には既に三年生ほぼ全員が集合していた。みんなクラスごとに分かれて座り、なにかしら会話をしている。どこかわくわくと落ち着かない様子に見える。心なしか体育館自体も明るく感じた。

下手にクラスの列の中に入って目立つのも嫌だったので、列の一番後ろに腰を下ろした。少しすると、明石さんもやってきて、一人分のスペースを空けた隣に止まる。

他の生徒が友人同士で会話をしているなか、僕と明石さんの間には会話は無い。なんとなく気まずい。話題も無ければ、さっきの視線を思い浮かべて話しかける勇気もない。仕方なく気まずさに耐えながら、周りのがやがやという話し声を耳に、なにかが始まるのを待つ。

一時間目が始まるチャイムが鳴ると同時に、学年主任の先生が「静かにしろー」と大きな声を上げた。話し声は少しずつ小さくなっていき、やがて完全に失せる。周りの声でかき消されていた雨が天井を叩く音が響いた。

「みんなお待ちかね、修学旅行についての話を進めようか」

学年主任の言葉で、生徒達の歓声が爆発したように一気に体育館の中を支配した。

そうか、修学旅行か。夏休み中にお母さんが二学期には修学旅行があると言っていたような気がする。どうりで体育館に入ったとき、みんなわくわくしていたわけだ。

生徒、教師全員の顔が綻《ほころ》んで見えた。みんな楽しみにしているんだろうなということが表情から見てとれる。だけど、僕の心は雨の降る森に迷い込んだみたいに、暗く落ち込みざわついた。体が濡れているせいか、落ち込んだ心のせいか、寒気を感じた。

僕には友達なんていない。班分けとかをされても気を遣うだけだ。同じ班になったクラスメイトも迷惑に思うだろう。みんな僕が参加しない方が嬉しいと思うに決まってる。

集会中、学年主任の先生が修学旅行という言葉を口にしてからずっと、休むことだけを考えていた。お母さんは僕が学校に行き出したことで、修学旅行にも行くと思っているかもしれない。行きたくないと言えばきっと落ち込む。どんな言い訳を使って休もうか。

そんなことを思案しているうちに、時間は過ぎていた。気がつくと一時間目終了のチャイムが鳴っていた。みんな、がやがやと浮ついた表情と声色で会話をしながら体育館を後にしていく。僕は人混みに入るのが嫌で、壁際に立って生徒みんなが出て行くのを待った。生徒の数が少なくなっていくにつれて、天井を叩く雨音が大きく聞こえるようになる。体育館に入ったときよりも、雨足が弱まっているように聞こえた。

橙色の車椅子に乗った明石さんが、みんなが出て行った体育館脇のドアではなく、正面入り口の方へと移動していくのが見えた。勾配が強く見えるスロープが思い浮かんだ。下りも危ないいんじゃないか。

僕は入るときと同じように帰りもスロープくらいは押してやろうと、明石さんに追いつくように近づいていく。なんとなく走って追いかけるのは恥ずかしくて、早足で歩いた。

靴を履きかえる体育館の玄関。明石さんが車椅子に乗ったまま、ドアを開こうとしている。体を少し前のめりにして必死に押す姿は、とても苦労しているように見えた。僕は、そっと後ろから近づいてドアを開き、明石さんが外に出るまで待った。

明石さんは、冷たい蛇のような視線でこちらをチラリと見ただけで、なにも言わず外に出た。車椅子が完全に出てから僕も出る。随分と小雨になっていた。これならスロープを下りて、屋根のある通路に行くまで、少し濡れる程度で済むと安堵した。

入るときのように、橙色の車椅子の背中についた押し手のハンドルを両手で握る。明石さんの体が強張《こわば》ったように見えた。特に意に介さず、そのまま車椅子を押す手を離してしまわないように、慎重にスロープを下る。やっぱり、このスロープの勾配はきつい。明石さんも車椅子も軽いとはいえ、勾配に入った途端、両手にずしりと重さを感じた。

スロープを下りて屋根つきの通路まで押していく。車椅子の車輪でアスファルトを濡らす雨水を撥《は》ねた音がする。

屋根の下に到着する。すぐに手を離す。なにも言わずに教室へと向かって歩き出す。

「ねえ」

四、五歩歩いたところで冷たく低い、滑るような独特の口調で声をかけられた。

立ち止まって振り返る。「なに?」とは言わない。どうせ言葉がつっかえるから。代わりに首を少し傾げて明石さんの顔を見つめる。

怒ったような目で僕を睨んでいた。体育館に入ったときの視線と同じ。また、少しびびってしまう自分が情けない。

「君って人の気持ち考えられないの? 私が今、なんて思ってるかわかる?」

低く、怒気を含んだ明石さんの口調。僕は言葉を詰まらせてしまうから、という理由ではなく純粋に言葉が出なかった。恩を返すつもりだったし、自分で言うのもなんだけど、少し良いことをした気になっていた。車椅子を押す手伝いをした感謝はされたとしても、こうして怒られるとは思っていなかった。

言葉を返さない僕に、明石さんはあからさまにわざと大きな溜息をついた。

「笑って誤魔化すつもり？　ちゃんと答えなよ」

車椅子の肘掛を右手の人差し指でトントンと細かく叩いている。苛立っているのがわかる。それと同じように僕自身も苛立っていた。どうしてそんな言い方をされなくちゃいけないんだという苛立ち。それと、また無意識のうちに笑っていたらしい自分に対しての苛立ち。割合にしたら、自分に対する苛立ちの方が大きい。

互いを見下す関係の明石さんに対しては、ピエロでいてはいけない。なんとか言葉を返そうとする。だけど、言葉が詰まってしまう。明石さんはなにも言わず僕の顔を真っ直ぐに見つめている。それでも言葉が出てこない。十数秒、出てこない言葉を必死に口から出そうと葛藤した。結局、明石さんの質問に答えるのをやめた。口から雨の湿気を含んだ空気が肺に入ってきた。そこでようやく、息が止まっていたことに気がついた。

「喋るのやめるんだ。ほんと君って可哀想」

明石さんは僕を見下したような口調で、同情する言葉を口にした。

「それに喋ることだけじゃなくて、思いやることもやめたんだ」

カッと顔が熱くなった。

思いやることをやめた？　スロープが大変だろうと押してやったのは誰だと思ってるん

だ。そう言ってやりたかった。でも、どうせ言葉がつっかえるのはわかりきっているから、腹の中に押し込んだままにしておく。

「まあ君が喋るのをやめるのも思いやることをやめるのも、私にはどうでも良いんだけど。その二つをやめるついでに、もう車椅子を押すのもやめてくんない？　つか、やめろ」

明石さんはそう言うと、車椅子で自走して教室へ向かっていった。僕の隣を通りすぎる瞬間、「お願いね。ピエロ君」と風鈴の音のような声色を作り、優しそうな口調で嫌みを残していった。

僕はなにも言えなかった。すぐ後ろをついていく度胸も無い。その場に立ち竦んだまま、雨音に耳を傾けた。

雨のせいか気温はあまり上がっていない。それでも、どこかからしぶとく生きる蝉の鳴き声が聞こえる。その蝉は弱っているのか、それとも鳴くのが下手なのか鳴き声が途切れ途切れだ。やがて鳴くのをやめて、雨音だけになる。

あの蝉は僕に似ている。言葉を発するのが下手で、話すのをやめてしまう僕そのものだ。僕を睨んでいた明石さんの耳にも雨音しか入っていなかったんだろうなと、思わず鼻で笑った。

二時間目開始のチャイムが鳴る。このまま教室に行っても授業には遅刻だ。授業中に教室に入れば一瞬だけでも注目の的になってしまう。

それが嫌で二時間目は保健室で過ごすことに決める。教室とは別の方向へと歩き出した途端、また下手な鳴き声の蝉が雨音に負けないように精一杯鳴き始めた。

その鳴き声を耳にしながら、蝉に心の中で謝罪する。

似ていると思ってごめん。お前はそれでも頑張って鳴くんだな。僕みたいに黙ったままじゃないんだな。

結局、この日は教室には行けなかった。ずっと保健室で過ごした。放課後に誰もいない教室に向かい鞄を取って、雨の残る町を一人で帰路についた。

＊

真っ暗闇の中、橙色の蛇が僕を睨んでいた。

僕は蛙みたいに硬直して動けずなにも言えない。

蛇は、大きく溜息をついて口を開いた。

「喋るのをやめた可哀想な奴。私は足が無くても前には進める。君なんかよりずっとマシ」

うるさい。

蛙になった僕は、精一杯叫んだ。

そこで、目が覚めた。

天井についた見慣れたシミが目に入る。緑色のカーテンの向こうは真っ暗だ。学校から帰ってきてから、今まで寝てしまっていたようだ。

喉がカラカラになっている。水を飲みに部屋を出る。夕飯の匂いが家中に漂っていた。腹の虫が鳴いた。

軋む階段の音を耳にしながら、ゆっくり一階へ下りて台所へ入る。

お母さんが聞いたこともない自作の鼻歌を奏でながら、ハンバーグを焼いていた。僕の好物だ。心の中で喜んだ。食器棚からガラスのコップを取り出し、水を入れて飲む。

部屋に戻るのが面倒くさくて、そのまま夕飯の時間まで居間でテレビを見る。芸人が箱の中に入っているものを手で触って当てるゲームをしていた。それを見て息を呑んだ。別にそのゲームが嫌いなわけじゃない。むしろ、面白くリアクションをとる芸人に感心するくらいだ。だけど、今日は笑えなかった。箱の中が蛇だったからだ。

箱の中に突っ込んだ芸人の指目掛けて蛇が噛み付く。その様子を見て、今日学校で、明石さんに柔らかな口調で嫌みを言われたことを思い出した。

どうして明石さんはあんなに怒ったのだろう。まだその理由がわからずにいた。なにか気に障《さわ》ることを言ったなんてことは絶対にない。僕はひと言も返していないのだから。たぶん、僕のとった行動が彼女の気分を害したんだろう。

明石さんは思いやりがないと言った。でも僕としては、スロープの上り下りが危ないからと、自分なりに思いやってとった行動だった。それなのになぜ？

「真中、お父さんがお風呂から出たらすぐ食べるから、食器の用意して」

お母さんが台所から声をかけてきた。その声に我に返る。

いくら考えてもわからない。考えるのはやめよう。明石さんに言われた通り、これからどんなに彼女が大変でも手伝わなければ良い。

自分の気持ちを無理矢理納得させて、食器を準備していく。

一通り準備を終えると、お母さんが三人分のハンバーグと、小皿に取り分けた小さなハンバーグをお盆に載せてやってくる。

「これ、おばあちゃんにお供えしてあげて。おばあちゃん、好きだったから」

お母さんが小皿に取り分けたハンバーグを手渡してきた。そうだったなと思い出した。

僕はそれを持って行っておばあちゃんの遺影の前に置いた。線香を焚いて手を合わせる。目を瞑ると、つっかえて喋るのをやめてしまった僕になにも言わず、にこやかに笑って頭を撫でてくれたことを思い出した。今よりもずっと小さい頃の話だ。おばあちゃんは手を斜め上に差し出して低い位置から撫でてくれていた。

そんなに背、低かったかな。一瞬そう思ったけど、どうして低い位置から手を伸ばしていたのかすぐに思い出す。

そうだ。おばあちゃんは車椅子に乗ってたんだ。

れた。

「お母さん」

ポツリと口にする。空気に混じって消えてしまいそうな声にも、お母さんは気付いてくれた。

「どうしたの？」

「おばあちゃんが乗ってた車椅子、ど、どこで買ったのか気になって」

「車椅子？」

お母さんが聞き返してくる。僕はなにも言わず首を一度縦に振って返事代わりにする。

「あれは買ったんじゃなくてレンタルよ」

「レ、レンタル？」

介護保険でレンタルすることができる福祉用具だったということを教えてくれた。そんなものがあることを初めて知った。そうしたら、明石さんの橙色の車椅子もレンタルなのだろうか、と疑問に思った。

「なーに？　あの子のこと気になるの？　綺麗な子だったものね」

お母さんがニヤニヤと笑みを浮かべて問いかけてきた。丁度、明石さんに関係することを考えていたときだったので、その顔と問いかけが恥ずかしくて、ぶっきらぼうに「別に」とそっぽを向いてやった。

僕なりの抗議に、お母さんは「ごめんごめん」と含み笑いで謝罪の言葉を口にした後、

「車椅子のこと知りたいなら、ちょっと待ってて」

と言い残して居間を出ていった。

一人になった居間にバラエティ番組の笑い声が響く。お母さんがなにをしに出て行ったのかわからない。手持ち無沙汰になってテレビに目を向けた。

風呂のドアが開く音がした。お父さんが風呂から上がった。今から夕飯だと思うと、突然空腹を感じた。

少しして、お母さんが戻ってくると、一枚の名刺を渡してきた。

「お母さんもよくわからないけど、ここの人なら車椅子のこと教えてくれると思うわよ」

それを受け取って目を落とす。会社名と名前が書いてある。名前の前には『福祉用具専門相談員』とあった。

これは?という意味を込めてお母さんの顔を見る。

「おばあちゃんの車椅子を貸してくれてた会社で担当だった人の名刺。自転車で十分くらいの場所だから、気になるならそこに行って話聞いてみたら?」

僕の視線の意味を察してくれたらしく、答えてくれた。

確かにお母さんの言う通り、ここに行けば明石さんが怒った理由の手がかりは掴めるか

もしれない。だけど、僕は言葉を発するのに時間がかかる。その間、働いている人の手を止めてしまう。それはきっと迷惑になる。

「大丈夫、友達の為でしょ？」

お母さんは僕がなにを考えているのかわかったらしく、そんな言葉を口にした。

でも、ごめん。その言葉は後押しにはならない。明石さんは友達じゃないから。互いが互いを見下している関係だから。

もうこれ以上この話はしたくなくて曖昧に返事をする。名刺を、家着にしているジャージのポケットに突っ込んだ。

お父さんが「腹減った、飯」と言いながら居間に入ってきた。それによって話は終わり、三人で夕飯を食べた。ご飯を食べながら、お父さんが学校のことを尋ねてくるかもと少し身構えていた。でも、なにも聞いてくることはなくいつも通りの食事風景で、途中から僕もリラックスして好物のハンバーグを食べ進めた。

それでも、やっぱり明石さんに言われたことはずっと引っかかっている。そんな状況でも、美味しいものを食べれば素直に美味しいと思う。それに、学校に行った疲れからだろうか。いつもお母さんが作ってくれるハンバーグと変わりなく見えるのに、何倍も美味しく感じた。その事実に、明石さんのことで悩んでいる自分がなんだか馬鹿らしくなった。

＊

学校に行き出して一ヶ月と少し経った。

いつの間にか蝉の鳴き声は聞こえなくなって、夜にコオロギが鳴き声を上げるようになった。

この一ヶ月と少しの間、僕は明石さんと挨拶もしなければ、これと言った会話もしていない。向こうはどう思っているのかわからないけど、僕自身はあのときに提案された通り、明石さんを可哀想な人で自分より不幸だと思うことで、一年の頃にいじめられていたときに比べると、幾分か気分は楽だった。

それとは別に、国語という授業が心から嫌いになった。

国語を担当しているのは生徒指導の芳賀だ。芳賀はやたらと僕に教科書の音読をさせようとしてくる。その度にクラス中に嘲笑が起きる。金田君が僕の真似をする声が聞こえることもあった。それに胸を痛めながら何箇所も躓《つまず》いて、授業をストップさせるのが本当に嫌だ。

ある日、芳賀に呼び出された。芳賀は心底面倒そうに溜息交じりにこう言った。

「生徒指導だからってお前のどもりの事も考えてやれって言われたんだが、どもるのは精神的な問題だろう？　心を強く持てば治るんじゃないか。俺は心を鬼にしてお前に音読させるから、お前も早くどもりを治せ」

めちゃくちゃな理論だ。小さい頃、僕は吃音に気付いていながら全く気にしていなかった。芳賀の言う通りなら、精神的なストレスも無かった幼い頃は吃音は無かったことになる。でも、気にしていなかっただけで、言葉をつっかえさせながら話していた。そんなことで治るなら苦労なんてしていない。

そのことは口にはしなかった。自分の気持ちを口にしようとしても、どうせ上手く言えない。それが新たなストレスになるくらいなら話さない方がマシだ。

国語の授業の度に教科書を読まされた。それがたまらなく嫌で、国語のある日は朝から憂鬱で胃が痛くなる。一年のときは嫌なことから逃げるように学校に行かなくなった。今は休んでしまうと親の期待を裏切ってしまうような気がして、逃げる勇気すら出ない。自分を押し殺して無理に学校に通っている。

授業内容を板書する芳賀には聞こえないように、自分の弱さに溜息をついた。目が合うと音読以外でも積極的に当てられる。顔を上げずにノートを見つめる。もう国語はついていけなくても良い。ただ当てられない方法を考えるようになっていた。

そうやって、黒板の文字をノートに写しているフリをしていると、また地獄の時間がやってきた。

「加瀬、読んでみろ」

その言葉だけで教室内に小さな笑い声が起きた。

胸が締めつけられる。一度、聞こえていないフリをする。立ち上がらない僕に芳賀は「加瀬」と急かしてきた。

仕方なく教科書を持って立ち上がる。手が震える。俯いたまま息を何度も吸って吐いた。できるだけスムーズに言葉を発することができる自分のタイミングを探す。二十秒くらい経つと、芳賀が「早くしろ」と急かしてくる。嘲笑が少し大きくなった。

心の中で、だったら当てるなよ、と悪態をつく。でも、たぶん僕の顔はいつもみたいに困ったように笑ってるんだろうな。

息を吸って、吐いて、もう一度吸ってから読み始めよう。そう決めて、吸って吐く。そして、息を吸おうとした瞬間、俯いている僕の視界に隣の席の明石さんが手を挙げたのが見えた。

それに気付いた芳賀も「どうした？」と明石さんに問いかけた。

明石さんは作った方の声で、提案した。

「私も一緒に読んで良いですか？」

どうしてそんなことを言い出したのか、意味がわからなかったらしいクラスメイト達がざわついた。明石さんは意に介す様子もなく、顔をこちらに向けて尋ねてきた。

「加瀬君もそれなら読めるんじゃないかな。どうかな？」

明石さんの質問は正解だ。これまでの経験上、誰かが一緒に読んでくれたら、不思議とつっかえない。頷いて見せた。

「みんな受験もありますし、授業が遅れるのも良くないと思うので、良いですよね？」

明石さんは顔を芳賀の方に戻し、相変わらず風鈴の音を思わせる声色でそう言い、首を傾げた。右耳にかけていた綺麗なショートカットの横髪が垂れて耳を隠した。

芳賀は授業が遅れると言われたことに同意して、その提案を受け入れた。明石さんはひと言お礼を言って、教科書を膝に乗せて車椅子ごとこちらに体を向けて、見上げるように僕の顔を見つめてきた。

「せーの、でいくよ」

小さく頷く。明石さんが右耳を隠していた横髪をもう一度耳にかけた。

「せーの」

小さく口にしたのを合図に、僕達は同時に音読を開始させた。

やっぱり誰かと一緒ならつっかえずに済む。芳賀が指定した箇所を、一度も詰まらせることなく最後まで読むことができた。短く息を吐いて安堵する。ほっとすると周りの空気を感じる余裕ができた。僕が音読するのに苦労するのを期待していたみんなが呆気にとられている。

そうやってみんなの期待を裏切ったことが気持ち良かった。だけど、何人かのクラスメイトが面白くなさそうに冷たい目を向けているのが視界に入った。途端、怖くなってこれ以上注目を浴びないようにそそくさと着席する。芳賀が授業を再開させた。

車椅子をもう元の方向に戻していた明石さんの横顔は、いつもと様子が変わっていない。

その後、授業中に当てられることはなかった。授業後、いつものように芳賀からの呼び出しも無かった。そのことは単純に嬉しい。でも、そんな喜びよりも頭の中は「どうして、明石さんは一緒に音読しようなんて言い出したんだろう」という疑問に支配され、時間を忘れてそのことを考えた。

突然、教室内にひやりとした風が舞い込み、僕の体を撫でた。我に返る。教壇付近に担任の笹谷先生が立っていた。帰りのホームルーム中だった。

目だけを動かして周りをうかがう。みんな教科書類は片付けていて、すぐにでも帰ることができる状態だった。僕は慌てて机の上に広げていた教科書やノートを鞄の中にしまう。全て片付け終わると同時にホームルームが終わった。

教室が騒がしくなる。受験生という自覚が強いのか、授業でわからなかったところを教え合うグループ。他愛も無い会話を繰り広げるグループ。笑い合いながらすぐに教室を出ていく二人組。色んな生徒がいるなか、僕と明石さんだけは誰も話しかけてくることもなければ、自分から話しかけることもなく静かなままだった。

明石さんはいつもすぐには帰らない。ホームルームの後、騒々しい教室の中で一人勉強をしている。僕はそんな風に勉強をする明石さんを横目にそそくさと教室を出る。

すぐには帰らない。職員室のある隣の校舎に行き階段を上る。

この校舎に他にあるのは被服室や理科室といった特別教室だけで、放課後になると人なんてほとんどいない。そんな校舎の更に人気の無い屋上前の踊り場にまで上がる。屋上へと出るドアの小窓から太陽の明かりが仄かに差し込むだけで薄暗い。そのうえ掃除もあまりしていないのか埃っぽい。それでも教室より、ここにいた方が気持ちは落ち着いた。こんなところで心地良く感じるなんて、本当に根暗な奴だな、と自虐的なことを考えながら地べたに座って時間が過ぎるのを待つ。

毎日こうやって下校する生徒が少なくなるまで待っている。教室の中にいるのは辛く、他の下校する大勢の生徒達に交じって帰るのも辛いからだ。

やることなんてなにも無い。時間つぶしの為の本といった私物を学校に持ってくると、クラスの誰かにめちゃくちゃにされるかもしれない。勉強も好きじゃないから、やる気が起きない。時間を潰すものなんて無くて、いつもなら、ただ空間をぼうっと見つめて時間が過ぎるのを待つだけだ。だけど、今日はいつもよりも考えることが多かった。それは、明石さんのことだ。

やっぱり国語のときに一緒に音読をしてくれた理由が気になって仕方なかった。

あのとき、芳賀に言った通り、授業がこれ以上遅れるのを良しとしなかったから？　それもあるかもしれない。でも、それだけじゃない。僕は、修学旅行についての集会があった雨の日、明石さんを怒らせたのだから。怒りの対象を助けるようなことをするだろうか。互いを見下そうという提案をするような明石さんが、僕を助ける為にするとは思えない。

頭の中は、明石さんのことでいっぱいになっていた。それに気付いたとき、少し恥ずかしくなって誰もいないのに誤魔化すように小さく咳払いをした後、自分に言い聞かせる。

明石さんのことが気になってるとかじゃなくて、気になってるのはどうして一緒に読んでくれたのか、その理由だ。

考え事と自分に対する言い訳を心の中で唱えている間に随分と時間が経ったらしい。屋上へ出るドアの小窓から仄かに差し込んでいた明かりも随分と橙色になっていた。

これ以上遅くなると、今度は部活帰りの下級生と帰りが一緒になる。そろそろ帰ることに決めて立ち上がり、階段を下りた。

階段を下りながら、ふと授業で二階以上にある移動教室に移るときのことを思い出した。体育館のスロープを上るのを誰も手伝わないように、やっぱりクラスメイトは明石さんの移動を手伝わない。エレベーターなんて無い学校での階段の上り下りはいつも、女性である担任の笹谷先生が明石さんを背負って、車椅子を学年主任が持って上がっていた。

僕も手伝った方が良いのだろうか。でも、僕はこの間、明石さんにそういうことはやめろと怒られたばかりだ。そんなことをしてまた怒られるのも嫌だ。

階段を下りきって校舎を出る。自分の鞄の中からビニール袋に入れた外履きを取り出して足を入れる。下駄箱に入れていると、なにかされるかもしれないからいつもこうやって鞄の中に入れるようにしている。

いつもならそのまま校門へと向かう。今日はなんとなく、もう明石さんは帰ったのかがまだった。

気になって昇降口へと行く。明石さんの靴があるかどうか確認すると、外履きが入ったま
「まだ、いるんだ」

ポツリと言葉が口をついた。独り言でスムーズに言えた。

いつもみたいに独り言だとつっかえないんだ、と自己嫌悪《じこけんお》に陥ることはなかった。代わりに胸が痛いくらい締めつけられた。明石さんの運動靴が随分と汚れていたからだ。

元は白かっただろうそれは、灰色を越えてほとんど黒と言っても良いくらい汚れていた。紐もボロボロで、見ただけで縫い目がほつれているのがわかった。

色々なことが頭を駆け巡る。履いているだけでついた汚れなんかじゃない。たぶん、他の生徒になにかされている。そうじゃないとここまで汚れない。明石さんは歩けない。車椅子の足置きに足を置いているだけで、こんなに汚れるとは思えない。

明石さんはこんな靴でなんとも思わないのだろうか。これで良いと思ってるのだろうか。でも、周りの人間は、教師は、親は、この靴に気付いていないのだろうか。この靴を見てなんとも思わないのだろうか。

この靴を履いている黒髪のショートカットで車椅子に乗った女の子を想像する。同時に自分の靴がゴミ箱に捨てられていたときの光景が浮かび、目頭が熱くなるのを感じた。

西日が傾いていく。橙色の空で、明石さんが乗っている車椅子が頭に浮かぶ。今は教室も明石さんだけだろうし、どうして音読するのを手伝ってくれたのか聞けるんじゃないか。

数秒、どうしようか考えた後、教室へ向かった。

誰もいない廊下は上履きのゴム底が床と擦れる摩擦音がやけに大きく響いた。誰かが音に気付いたんじゃないか。そんな不安が襲い立ち止まる。息をひそめて耳をすます。人のいる気配は感じなかった。下校時間から結構な時間が経っているし、受験生なのにこんな時間まで残っているなんて、僕か明石さんくらいだ。

冷静に考えればわかるのに、誰かに気付かれたかもしれないという怖さに胸が騒いだ自分の弱さに溜息をついた。

教室の後ろのドアの前に立つ。明石さんが教室にいるかどうか窓から様子をうかがう。

僕の席の隣。蛍光灯の白い明かりに照らされた鮮やかな橙色の車椅子が目に入る。明石さんは顔を俯かせて、体を揺らしているように見えた。他には人影は無く、ホッとする。

教室の窓から西日で焼けるように赤く染まった空が見える。夕方、眠気を誘われるくらいの心地良い気温。

寝ているのかな。

ショートカットとはいえ、教室の外からは横顔がちゃんと見えない。

開く為にドアにかけた手に汗が滲んでることに気付く。緊張している。学校に来るようになったとはいえ、まだ誰かと話すことに慣れていない。たとえそれが明石さんでもだ。

やっぱり引き返して帰ろうかな。

弱気になってドアから手を離し、視線を明石さんに向ける。そこでようやく気付く。

体は揺れてるんじゃない。震えてるんだ。

胸がずきりと痛くなる。震える肩を見て泣いているのかなと思った。僕にはとても強く見えるけど、あの運動靴を見たら色々とされているのはわかる。明石さんだって辛いに決まってる。

涙を流す姿を僕に見られるのは嫌かもしれない。互いを見下す関係なんだから。そんな相手に泣いているところを見られたいとは思わないはずだ。

やっぱり帰ろう。

そう思った瞬間、開かれた窓から強い風が吹き込んだらしい。教室のカーテンが大きくはためく。その風で明石さんの短い髪も一瞬だけ揺れる。

違う。

微かに見えた明石さんの表情は泣いてなんかいなかった。苦しそうに顔をしかめていた。

考えるより先にドアを開いていた。

喉に声がつっかえて咄嗟《とっさ》に声が出なかった。だけど、今はそんなことを気にしてる場合じゃない。明石さんが苦しんでる。

駆け寄ると、明石さんは苦悶《くもん》の表情を浮かべながらこちらに顔を向ける。

額から汗が滲んでいる。顔色が悪い。きっと体のどこかが不調を訴えている。

そう判断して、橙色の車椅子の持ち手に手をかけた。瞬間、

「離して！」

ヒステリックな明石さんの声が教室中に響いた。僕は驚きで動きを止めてしまった。

「なにを、しても、無駄だから。ほっといてよ」

明石さんは苦しそうに言葉を震わせて、途切れ途切れに「構わないで」と言った。

自然と自分の拳にぐっと力が入る。このままほっとけるわけがない。

「ほ、ほっとけない。つ、辛そうだから、ほ、ほ、保健室に」

「無駄だって言ったじゃん！　日本語理解してよ！」

明石さんが右腕を大きく振り回す。僕の体にその腕が当たる。ふんばりのきいていないそれは、全く痛くなかった。

「ど、ど、どこか痛いなら。く、く……痛み止めとか保健室にあるかもだし」

自分が嫌になる。こんなときでもカ行が言えない。薬という言葉を言い換えてしまった。

「そんなの、効かないって、わかってるの……」

途切れ途切れの言葉に「どうして」と問い返す。

明石さんが恨むような視線をこちらに向けて、こう言った。

「痛いの、足だから」

「えっ」

それ以外の言葉は口には出なかった。

僕は初めて自分の吃音症に感謝したかもしれない。たぶん、そうじゃなかったら、咄嗟に出ていた。『そんなことはありえない』って。

「意味、わかんないでしょ？　感覚なんて、失ったはずの足なのにね。でも、痛いの。薬も、なにも効かない。だから、ほっといて」

明石さんの震える声は演技でもなんでもなく、確かに痛みを我慢しながら搾り出している。でも、それを俄《にわ》かには信じられなかった。僕は、明石さんが下半身不随で歩けないものだと考えていて、たぶん、足の感覚だって無いんだと思っていたからだ。

「もう、ほっといて」

明石さんが顔を俯かせて、苦悶の表情を浮かべる。歯を食いしばって痛みに耐えているのがわかった。嘘ではなく、本当に痛いんだ。無理矢理にでも車椅子を押して保健室に行った方が良いんじゃないか。そう思った。だけど、すぐに修学旅行の話を聞いた後に見せた明石さんの苛立った顔が思い浮かんだ。

このまま勝手に押したりしたら、ダメなんだ。

明石さんはほっといてと言ってるのに、それを無視して保健室に連れていくのは、僕にとっては思いやりでも、明石さんには違う。それは自己満足に過ぎない。

なにもできない。

開かれた窓から風が舞い込む。明石さんの髪を揺らし、また苦悶の表情が見えた。

どうして足が痛むのかもわからない。なにも知らないんだ。明石さんは、吃音者が誰かと一緒に音読すればスムーズに言葉が出てくることもあると知ってた。たまたま知ってたのか調べたのかはわからないけど、どちらにせよそれで助けられた。

それなのに、僕は目の前で苦しむ彼女を助けることができない。

あまりに無力で、自分が情けなくなった。

「す、みません……」

自然と謝罪の言葉が口に出る。こんなときでも、つっかえそうな言葉から自然と逃げる。

目から涙が零《こぼ》れ、頬を伝う。泣いたせいで鼻水が流れそうになって、一度洟《はな》をすする。

「なんで、あんたが泣いてんの？」

「す、すみません。お門違いだってわかってるんだけど、じ、自分が情けなくて」

「バカ、泣きたいのはこっちだっての」

「そ、そうだよね。す、す、すぐ涙止めるから。足が痛いのは明石さんなのに、な、なんで僕が泣くんだろうね。ほ、ほ、ほんとすみません」

「信じるの？」

明石さんが、意外そうに僕を見つめた。僕は「えっ？」と聞きかえす。

「あんた、私が足が痛いって言ってるの信じるの？」

明石さんが首を傾げた。その額には汗が滲んでいたけど、さっきまでのような痛みで苦しそうな顔ではなかった。

「ほ、本当に痛そうだから」

明石さんは「信じてくれるんだ」と呟いた。独り言のように。

「そ、それよりも、足はもう大丈夫？」

「あー、そういえば痛み治まってるっぽい」

明石さんが自分の足を優しくさする。そして少し冷たくて、でも優しさのある、冗談を言うときの視線を向けた。

「誰かさんが、情けないくらい泣くから痛みなんて忘れちゃったみたい」

「す、すみません」

「バーカ、なんで謝んの。嘘だよ。ありがと、助かったわ」

その言葉に胸が高鳴った。正直に嬉しかった。

また同じようにありがとうって言って欲しいと強く思った。今度は今日みたいに偶然助けることができた形ではなくて、しっかりと僕の意思で明石さんの力になりたい。

だけど、そんな風に思って良いのかわからない。明石さんは僕との関係を互いに見下す関係って言ったのだから。

でも、うん。言い訳をつけることはできる。

僕は明石さんに国語の授業のときに助けられた。そして今、僕は明石さんを助けたかもしれない。でもそれは、僕の意思じゃないから無効だ。だから、互いに見下す為には、今度こそ僕の意思で明石さんを助けないといけない。

そうだ、それで良い。

自分で納得のいく言い訳が思いついたところで、視線を窓の外に向けた。

赤く染まっていた夕焼けの空は藍色に近くなって外は暗い。一番星が目に入った。星が瞬《またた》くと同時、風がまた教室の中に吹き込んだ。

「足が痛いって信じてくれて、嬉しかった」

その風に乗って、恥ずかしさからか、わざと小さい声で言っただろう明石さんの声が耳に届いた。浮かべていた照れた笑みは、空に浮かぶ一番星や教室を照らす蛍光灯の光よりもずっと眩しく見えた。

秋刀魚《さんま》の焼ける匂いが充満し、テレビからは笑い声が聞こえてくる居間。お母さんとお父さんが隣り合って座っていて、お母さんが話す愚痴交じりの話にお父さんは相槌を打ちながら、秋刀魚をつまみにビールを飲んでいる。

二人の向かいに座りながら、僕はテレビに視線を向けて、無言で食べ進めていた。「そろそろ飯食おうかな」というお父さんのひと言で、ひっきりなしに喋っていたお母さんが立ち上がり、台所へお父さんのご飯をよそいに向かった。

「そういや聞いたぞ。友達ができたんだってな」

突然、お父さんが話しかけてきた。話しかけてきたということよりも、その内容に驚いて視線をテレビからお父さんの方へ咄嗟に向けた。

「なんだ。そんな驚いた顔しなくても良いだろ。母さんが喜んでたぞ」

お父さんの言葉に目を見開いていたことに気がついた。それがなんだか小恥ずかしく、目を伏せて、どうしようかと考える。

きっとお母さんは明石さんのことを友達だとお父さんに話しているんだろう。前に友達の為だと言って福祉用具のレンタルをしている会社の人の名刺を渡してきたくらいだから。だけど明石さんは友達じゃない。互いを見下す関係という、傍から見れば歪んだ関係。だから、そのまま「友達じゃない」と本当のことを言って、お父さんの言葉を否定した方が良いのか。それとも、ここは友達だと嘘をついて、安心させた方が良いのか。

僕がそのことで悩み黙っていると、お父さんはなにか勘違いしたらしい。

「可愛い女の子らしいじゃないか。もしかして彼女か？」

笑いを含んだ酔い口調で、とんでもないことを言い放った。

「そ、そんなことないし」

好きじゃないと否定しながら、お父さんを睨み、身をほぐした秋刀魚の最後の一口を放り込んだ。お父さんの顔が赤い。どうやら、結構酔いが回っているみたいだ。

やっかいなことになったと小さく溜息をつく。

あれこれ聞かれたくなくて、急ぐように立ち上がる。ごちそうさまと空になった食器を片付けに台所へ向かおうとする。

「車椅子のこと、聞きに行ったのか？」

背を向けた僕に、さっきまでの酔った口調から一転、お父さんが真剣な言葉を投げかけてきた。

振り返ると、真っ直ぐ向けられたお父さんの目と合う。太い黒眉と深い目尻の皺のおかげで、目に力があった。

「し、知ってたんだ」

「母さんから聞いた」

だろうね。僕に友達ができたと話したみたいだし、車椅子の話にも触れてるだろうな。テレビから笑い声が聞こえる。それに交ざって、壁にかかった時計の秒針がリズム良く時を刻む音も居間に響く。

お父さんの視線がより一層、力強くなった。誤魔化すことはできないなと悟る。

僕は、小さく「ううん」と言いながら首を横に振った。

「そうか。それは」

お父さんが少し言い淀《よど》んだ。僕は、その後の言葉を察し「うん」と小さく頷いた。

「そうか。まあ、あれだ。お前がそれに悩むのもわかる。でも、友達の為なんだ。やりようはあるだろ」

言葉を返さない。友達の為、と言われたことを否定したくなる。今それを否定するとお父さんが話したいことの本筋から外れてしまう気がして堪えた。

それに、僕もそのことについて考えなくちゃいけないと思っていたところだ。

今日、車椅子に乗っている人の気持ちをもっと知らないといけないと思ったところだったから。でも、僕は吃音がコンプレックスだ。できることなら人前で話したくないと思っている。福祉用具の会社に行っても言葉で聞かないといけない。それが、あと一歩を踏み出せない原因となっていた。

「で、でも、ど、どうやって聞けば……」

素直にお父さんに問いかける。お父さんはグラスに注がれた泡の無くなったビールを飲んでから、

「紙に書いて渡したらどうだ」

と、提案してきた。

自分の顔が赤くなったのがわかった。自分の考えがあまりに浅いことが恥ずかしくなったからだ。そうだ、紙に書けば良いんだ。それを渡せば話さずに済むじゃないか。どうして、そんな簡単なことに気付かなかったんだ。

ふと質問を書いた紙を福祉用具専門相談員の人に手渡す姿を想像し、かっこ悪いような気がした。お父さんの提案に「ちょっと恥ずかしいかも」とポツリと返す。

「人の為になる。そのことについて知りたいことがある。それを行動に移してなにが恥ず

かしいことがある」

お父さんは、至極真っ当なことを口にした。それでも僕の胸にできた恥ずかしいという気持ちは塗り替えられない。たぶん、思春期という年頃のせいだ。

「だったら父さんがついていってやろうか。友達想いの良い息子なんですって、何度も自慢しながらな。そっちの方が恥ずかしいだろ」

「そ、それは嫌だから、じ、じ、自分で行くよ」

「そうだろう？」

お父さんが豪快に笑った。

僕も呆れ交じりの笑い声を上げて、肩を竦めてみせた。

親がついてきてそんな風に自慢されたらそれこそ恥ずかしい。それなら自分で行って紙を渡した方がずっとマシだ。

お父さんの優しさに感謝の言葉を口にするのが恥ずかしくて、そのままなにも言わず居間を出る。丁度そのタイミングでお母さんがお父さんのご飯の入った茶碗を持って居間に入って行った。

たぶん、話が終わるのを部屋の外で待ってたんだろうな。

食器をシンクに置いて自分の部屋へと戻る為、軋む階段を上った。どうしてか、いつもより軋む音が大きくなった気がした。たぶん、明石さんのことを知る為に決心をしたから、自然と踏み出した足も力強くなったんだ、なんてちょっとキザなことを考えた。すぐに恥ずかしくなって部屋に入ると同時に枕に顔を埋めて足をばたつかせた。

枕から少し顔を上げ、視線だけを窓の外に移す。夜空に満天の星が浮かぶ。今日見た明石さんの笑顔を思い出して、鳩尾辺りが温かくなった。たぶん嬉しいんだ。

その温もりが冷えてしまわないよう、右の手のひらで優しく擦る。明日から土日で休みだから、その間に車椅子のことを聞きに行こう。そう決めた。

＊

校舎から体育館へと続くコンクリートの上、太陽の光が降り注いで白く光っている。それだけで見上げなくても晴れていることがわかった。

今日最後の授業の六時間目は、また体育館で学年全体が集まり、修学旅行での注意事項や持ち物の確認がある。僕の胸はそわそわと落ち着かない。修学旅行が楽しみだからではなくて、休み明けの月曜日特有の億劫《おっくう》なものでもなかった。

もうほとんどの生徒は体育館の中に入って行った。

屋根のある通路から体育館の正面入り口に視線を向けて立ち止まる。屋根のある通路にも太陽の光が射し込み、思わず目を細めた。

手を帽子のツバのようにおでこに当てて、薄目を開けて確認する。

正面入り口前の階段の横、見るからに勾配のきついお粗末なスロープの前に、橙色の車椅子に座った明石さんの姿があった。

胸のそわそわが強くなる。鼓動が体内に響く。風の吹く音も、それによって揺れて擦れる、色付き始めたイチョウの葉の音も心臓音で聞こえなくなった。

大丈夫、大丈夫。

何度も自分に言い聞かせ、土曜日のことを思い出す。

『本当はうちでは専門外だけど、その子が怒った理由はわかるよ。体験した方が早いね』

質問を書いた紙を読んだ福祉用具専門相談員の方が優しくそう言うと、一台の車椅子に僕を座らせた。

なにをするのだろうと疑問に思っていた僕の後ろから、突然車椅子を押されて――。

一瞬だけ吹いた強い風に意識がふと戻る。

明石さんの短い髪がなびいた。少し気合を入れているような顔が見えた。たぶん、あのスロープを上る力を込めたんだ。

「大丈夫だ。行け」

言葉を詰まらせずに言えるよう準備運動も兼ねて小声で呟いた。屋根のある通路から一歩踏み出す。緊張のせいか右手と右足が同時に出た。一歩も凄く大きくなったのがわかった。二歩、三歩と歩いてようやくいつもの歩幅に戻って、明石さんのすぐ近くにまで来た。

明石さんが冷たい蛇みたいな視線を横目でこちらに向ける。こないだの雨の日のことを思い出したのかもしれない。牽制されたように見えたけど、構うもんか。

明石さんが聞き取れるように、ゆっくりと問う。

「押そうか?」

明石さんが切れ長の目を丸くさせた。髪がなびいて柑橘系の香りが漂った。返事は無い。ちゃんと聞こえなかったのか、驚いて返事ができなかったのかはわからない。それならもう一度。幸いにも、ア行から始まる言葉なら、つっかえることなんてほとんどないんだから。

「押して上ろうか?」

明石さんのまん丸になった目がいつもみたいに切れ長に戻る。僕から視線を逸らすように前を向いて、小さく頷いた。

それを確認してから車椅子の持ち手を両手で持って、ゆっくりとスロープを上った。明石さんの体重と車椅子の重さが、上りのスロープの下側にいる僕の腕に掛かる。多少は重い。だけど、一人分の体重と車椅子の重さだってことを考えると随分と軽いように思えた。明石さんの姿は背中と頭しか見えない。でも、雨の日に押したときのように体が強張ったようには見えない。怒ってるような気配も無い。

やっぱりそうだったんだ。

あの日、明石さんが怒った理由は僕が『なにも言わずに突然押した』からだったんだ。

土曜日、僕の乗った車椅子を、なにも言わずに突然、福祉用具専門相談員の方が後ろから押した。心臓がギュッと掴まれたようにドキリとして、体が強張った。単純に怖かった。押される力は強くて、自分ではどうすることもできなかった。

雨の日、明石さんが思いやりがないと言ったのは、きっとこのせい。僕は自分が良いことをした気になっていた。でもそれは明石さんにとって恐怖でしかなかった。

怒られても仕方ないことをしていたんだ。

急勾配のスロープを上って入り口から体育館内に入った。

「ここからは自分で大丈夫だから」

明石さんが今日、初めて話しかけてきた。僕は小さく「うん」と頷いて、上履きから体育館シューズに履き替える。その間に明石さんは車椅子を自力で漕いでクラスの列の最後尾についた。遅れて中に入って明石さんの隣に座ろうとした、そのとき。

「遅いぞ、加瀬」

低く滑るような声が聞こえた。声がした方に視線を向ける。生徒の列の前で、うねりが強く白髪交じりの髪を掻きながら、芳賀がこちらに腫れぼったい目を向けていた。

「お前は行動も遅いのか」

呆れた様子で放った言葉に、頭に血が上っていくのを感じた。芳賀の心中が手に取るようにわかったからだ。

芳賀は言葉の前に心の中でこんな前置きをしている。

『喋ることだけじゃなく』

それは他の生徒も気付いたのだろう、僕の吃音を知ってる生徒達からクスクスとせせら笑う声が聞こえてきた。

息が荒くなる。なんてこと言うんだと怒りのままに怒鳴りたい。でも、それをしようとしてもつっかえる。そうすると、みんなの笑いの的になる。この怒りは静めるしかない。あんな奴の言葉で怒ることなんてない。

そう自分に言い聞かせて無理矢理心を落ち着かせようとした。すると、

「すみません。私が体育館前のスロープを上るのに手こずってたら加瀬君だけが手伝ってくれました。そのせいで遅くなったんです」

風鈴の音のようなよく通る綺麗な声で明石さんはそう口にした。

隣にいる明石さんの顔を見る。真っ直ぐ、芳賀だけを切れ長の目で見据えていた。その視線には有無を言わせない強さがあるように思えた。

その言葉に嘲笑の声は止んだ。芳賀もなにも言えなくなり、少しバツが悪そうに「そういうことは自分で言え加瀬」と僕に悪態をついた。

僕はひと言「すみません」そう言ってやり過ごそうとしたら、明石さんが僕にだけ聞こえるような声で「謝らなくて良いよ」と呟いた。

明石さんの言う通り、確かに謝る必要なんてない。なにも言わず腰を下ろす。芳賀に視線を向けるのも嫌になって壁際に目をやる。担任の笹谷先生が他の生徒のような嘲笑ではない優しい微笑みを僕に向けて、目が合うと小さく何度も頷いていた。

笹谷先生の嬉しそうな表情になんとなく、嬉しいような恥ずかしいような不思議な気分になる。すぐに視線を外して適当に前を向いた。

今度はクラスの女子数人がヒソヒソと話している様子が目に入った。その数人がほぼ同時に、隣の明石さんに恨めしそうな目を向けた。

僕は、その視線が怖くなって俯いた。顔を床に向けて、人の視線を見なくなったことで、少しだけ気持ちが落ち着いた。結局、こうやって俯いているのが一番落ち着くことに思わず自嘲の溜息が漏れた。

脳裏には女子が明石さんに向けていた視線がこびりついていた。不安は完全に取り払われることはなく、修学旅行についての話は一つも頭に入ってこないまま終わった。

みんなが立ち上がり、友達同士で教室へと戻っていく。

誰よりも遅く体育館に入り、芳賀に注意された僕はみんなから注目されていると思い視線を上げることができない。みんながいなくなるまでその場で膝を抱えて座ったまま視線を下に向けてやり過ごそうとする。

「さっきのあれなに？　あてつけ？」

「マジうざい」

「一人で上れるんだし上れっつーの」

明石さんの横を通る女子数人の声が耳に入る。それは明石さんに向けての言葉だってことはすぐに理解できた。それなのに怖くて体が強張った。同時に脳裏に焼きついていた明石さんに向けていた女子の視線と顔が思い浮かぶ。

あれは、進路調査のプリントを全部明石さんに押し付けていた女子の声だ。明石さんは、あの女子を中心とした取り巻きに目をつけられていて、色々と嫌がらせを受けているんだろう。

追いかけて、明石さんに悪態をついた女子に文句を言ってやりたい衝動にかられる。でも、そんなことはできない。ただ、文句を言われた本人である明石さんの隣で怒りを心の中に秘めているだけ。僕は本当に弱い。そんな自分が嫌いだ。

あの女子達への怒りと自分自身に対する嫌悪感で心の中がぐちゃぐちゃになった。

「帰りのホームルーム、始まるけど」

女子にしては低い声がした。その声に俯いていた顔を上げる。

「遅れて教室に入ったら注目の的になるけど？　君、実は目立ちたがりなの？」

抑揚のあまりない口調。明石さんの冷たい目はそのままで口だけが笑みを浮かべていた。

遅れて入ってクラスの視線がこちらに向くところを想像し胸がざわつく。

首を横に振りながら「嫌だな」と言って立ち上がる。明石さんはそれに対して相槌を打つでもなく視線を体育館の正面出入り口に向けて言った。

「ア行で始まる言葉は普通に喋れるんだね。さっきもア行だったし」

その視線と言葉で、さっき『押そうか？』と尋ねたことを言っているのだとわかった。

「うん」

小さく頷く。脳裏に雨の日、なにも言わずに車椅子を押した光景が浮かぶ。そういえば、あのとき、突然車椅子を押してしまったことを謝ってないと気付いた。

「あのさ」

「ん?」

明石さんが首を少し傾げてこちらを向いた。

「こ、こ、ここ、こ……」

この間、という言葉がつっかえて出てこない。明石さんはじっと言葉を待っている。これ以上待たせるのは悪い。だから比較的言い易い言葉に置き換えることにする。

「せ、先日は、いきなり押してすみません」

頭を深く下げる。突然の謝罪に驚いたのか明石さんはなにも言わず、静寂が辺りを包む。頭を上げて良いのかな。明石さんがなにか言うまで下げたままの方が良いのかな。

吃音のせいで、昔から人付き合いはできるだけ避けてきた。特にここ二年は完全に逃げていたせいか、謝罪後の頭を上げるタイミングがわからない。おそるおそる顔を上げる。

明石さんの蛇みたいな目が、真っ直ぐこちらに向けられていた。

「はっきり言うね」

明石さんが静寂を破る。その言葉に拳を固く握る。どんな罵詈雑言も受け止めるつもりだった。でも、続いた言葉は、

「凄く怖かった。突然のことだからちょっとパニックになった」

明石さんが抱いた素直な感情。

「それで、落ち着いたら凄くムカついた。私の性格が悪いから、手伝おうとしてくれた君の気持ちも考えずに怒った。人の気持ちを考えないのは私の方だったね。ごめんなさい」

謝罪。

当然罵られると思っていた。キツイ言葉を予想して身構えていた。こんな風に明石さんが自分を悪く言って謝ってくるなんて思ってなかった。身構えていたはずの心が強く揺れた。

「違う！」

二人しかいない体育館に僕の叫び声が響いた。明石さんが下げていた頭を上げた。驚きで目を見開いてまん丸になっている。

「明石さんは僕のこと、ううん。き、き、き、き、き、きき、き、吃音のことを知ってくれてた。一緒に音読してくれた。明石さんの足のこととか僕は、し、し、知ろうとしなかったのに、明石さんは知ってくれてた。だ、だから、せ、性格は、わ、悪くない」

必死になって言葉を紡ぐ。その間、明石さんはずっと待ってくれた。ほら、こうやって僕が喋ってるとき最後まで待ってくれる。そんな明石さんが人の気持ちを考えてないわけない。

「また泣いた」

明石さんが手を伸ばしてきたのが見える。でも、その手は僕には届かない。

「ごめんね。君の涙拭ってあげられない。私は誰でも踏み出せる一歩を踏み出す足を持ってないから、この距離が届かない」

自分の腕で涙を拭う。明石さんが差し出していた手を下ろした。

「私、君は泣いたりしないと思ってた。ただ笑ってやり過ごすだけのピエロみたいな可哀想な奴だって。でも、泣き虫なんだね。金曜日の放課後だって、君が痛いわけじゃないのに泣いてくれた。人の涙でこんなこと思うのダメかもだけど、嬉しかった」

「ぼ、僕は、な、な、泣いてるところを見られて、は、恥ずかしかった」

「だろうね」

クスクスと明石さんが笑う。蛇のような目が三日月を横に倒したみたいになる。

「でも、私は君の愛想笑いより泣いてる姿の方が好きかな」

好き、という言葉に少なからず動揺する。それが表情に出ていたのかもしれない。明石さんはまた小さく笑った。

「好きっていってもラブじゃないよ。ライクの方。オーケー？」

悪戯《いたずら》っぽい表情で見られるのが恥ずかしくて顔を背ける。わざと話題を変える為に「早く戻らないと」と独り言のように口にする。

「そだね。でも、今から戻ってもみんなの注目の的だけど。良いの？」

明石さんが体育館の時計に目をやった。釣られて時間を確認する。確かにもうホームルームが始まっていてもおかしくない時間だった。

どうしようかと悩む。今から戻ると明石さんの言う通りみんなの視線を受ける。一瞬のことかもしれないけれど、あの視線が嫌いだ。考えるだけで変な汗が出てくるくらいに。

このまま体育館にいても体育館を使う部活の下級生がやってくる。こんなところに僕達がいると驚かれてしまうし邪魔になるだけだ。さて、本当にどうしようか。

「教室には戻らないで隠れてやり過ごす？」

明石さんがそう提案してきた。

確かに隠れてやり過ごすことができるのならそれに越したことはない。僕一人ならいつもの屋上前の踊り場で考え事でもして時間が過ぎるのを待ってただろう。でも、今日は明石さんがいる。エレベーターなんて無いこの学校で、明石さんを一人でそこまで持ち上げて運ぶのはさすがに無理がある。他に隠れる場所なんて思い当たらない。

そう考えてると、僕の頭の中がわかっているかのように明石さんは「大丈夫」と口にする。そして、制服の胸ポケットの中から一本の鍵を取り出して見せてきた。

払う。

「理科準備室の鍵。ここなら誰も来ないよ」

なんで持ってるんだろう。もしかして職員室から盗んだのかという考えが過ぎった。でも、そんな大それたこと車椅子の明石さんにはできそうにはないとすぐにその考えを振り払う。

「早く行かないと部活の人が来るけど」

明石さんがまた時計に目をやる。もう時間も無い。鍵をどうして持ってるのかなんてこの際どうでも良い。今はこの場を離れるのが先決だ。

「押そうか？」

「うん。お願い」

尋ねる僕の言葉に、気のせいか明石さんの表情が少し嬉しそうに見えた。

気のせいでも良い。それで十分だ。

車椅子を押して歩き出す。腕には明石さんと車椅子の重さが伝わる。僕はまだ足を使って踏ん張れる。でも、明石さんはこの重さを自分の手だけで動かしてる。今はもう慣れてるのかもしれない。でも、今くらいになるまで、どれだけの苦労をしたのだろう。どれだけ努力をしたのだろう。一人で車椅子を動かして、一人でスロープを上って、それが当たり前だなんて思っちゃいけない。少なくともクラスで僕だけは、そう思っていよう。

二人だけの体育館に響く車輪の音を耳に、会話も無く正面出入り口から外に出る。秋晴れの空に薄くて白い半月が浮かんでいるのが見えた。

視線を前に向ける。目の前に急勾配のスロープ。後ろ姿でも明石さんの体に力が入ったのがわかった。

大丈夫と胸の中で呟いた。いつもは言葉を発する前に自分に言い聞かせる言葉。でも、今回のこれは明石さんに向けての言葉だ。

「後ろ向きで下りた方が良いよね？」

前を向いていた明石さんが顔を少し振り向かせて、横目で僕を見た。

「うん。ありがとう」

どういたしまして、という言葉は口から出なかった。いつもみたいにつっかえさせてしまいそうだからではなくて、単純に恥ずかしかったから。

土曜日に車椅子に乗って前向きでスロープを下りたときのことを思い出した。

福祉用具専門相談員の方は緩やかなスロープを用意してくれた。それでも前向きに下りるのは体が前に投げ出されそうな気がして怖く、思わず踏ん張ってしまった。だけど、明石さんは踏ん張れない。それにこの急勾配のスロープだ。怖くないはずがない。僕はそんなことも想像できない馬鹿だった。

スロープの前で後ろ向きに方向転換する。慣れていないからぎこちない。

「私一人のほうがスムーズかも」

もちろんそれは明石さんもわかってて、そんなことを口にした。でも、それは嫌みではなくて冗談だ。僕もそれがわかったから嫌じゃなかった。

こんなとき吃音じゃなかったら、冗談の一つでも返せたかもしれない。明石さんに対しては比較的話せるけど、それでも心のどこかに吃音だという恐怖が根付いている。

「そ、それじゃ、下りるよ」

必要最低限の言葉をかける。明石さんが頷いたのを見て、後ろ向きで顔だけ振り向かせてスロープを確認しながらゆっくりと下りる。

スロープを下りきると強い風がさっと吹く。イチョウの葉が揺れてさわさわと音をたてた。

「さっ、早く理科準備室に行こうか。頼むよ御者さん」

持ち手を離そうとした僕に明石さんがそう言ってクスクスと笑った。何度もそうやって言葉を返せないのに冗談を言ってくれる。それが胸の下辺りを温かくさせる。嬉しい。

言葉を返せたらもっと楽しくなる。そんなことわかってる。だから、ひと言で良い。

「そ、そ、それは馬車」

やった。つっかえながらだけど返せた。

すると、明石さんは楽しそうに笑みを浮かべた顔をこちらに振り返らせて、ヒヒンと馬の鳴き声を真似した。

「き、きゃ、きゃ……お客さんは？」

「ほんとだ。これだとお客さんいないや」

あははっと明石さんが顔を空に向けて笑うと、ゴーゴーと腕を前に伸ばして進むように促してきた。そうやって笑う、無邪気な明石さんの姿を初めて見た。僕は胸が締めつけられた。きっと、こっちが彼女の本来の姿だ。でも、それを今まで見せてこなかった理由を考えると、すぐにクラスメイト達の顔が浮かんだ。

「動くよ」

浮かんだ顔をかき消すように声をかけ、車椅子を押して理科準備室に向かった。


僕達以外、誰もいない廊下はどこか肌寒く感じた。その空気の中を上履きが床に擦れる音と車輪の音だけが響く。

理科準備室の前に到着し、明石さんが鍵を開ける。車椅子に座ったまま、左手で肘掛を掴み、引き戸の取っ手に右手をかけて開き、中に入っていった。後に続いて中に入りドアを閉める。なにかしらの薬品の匂いが鼻をつく。部屋の奥には人体模型が置いてあって、こちらを見ている。まだ昼間だから窓からの光で怖くないけど、日が落ちてきたら喋りそうだな、と不気味なことを考えた。

二度、蛍光灯が点滅してから完全に電気が灯った。

明石さんが電気のスイッチを入れたらしい。理科準備室なんて生徒が入るような部屋ではない。それなのに電気のスイッチの場所を知っているくらい、明石さんはこの場所に来ていることがわかった。

「ここね、私の秘密基地なの。いつでも自殺できるように薬品もあるよ」

「じ、自殺……」

物騒なことを口にする明石さんに思わず表情が固まる。互いになにも言わず静寂が訪れる。その間、壁に掛けられた時計の針が一秒、二秒と進み、三秒を刻んだところで明石さんが噴き出した。

「あはっ、顔強張らせてる。冗談だし。理科準備室なんだから実験で使うのとかあるでしょ。まあでも、こんな足だし自殺考えててもおかしくないかな」

笑い辛い自虐ネタを口にしながらケタケタと明石さんが笑う。どうしたら良いかわからないでいると、明石さんがつまらなそうに溜息をついた。

「またピエロになってる」

「……す、すみません」

どうしたら良いかわからないとき、愛想笑いを浮かべる癖が出ていたみたいだ。明石さんは僕のこの表情が嫌いらしい。

「まあ、癖ってなかなかなおらないもんだしね。仕方ないか。ここ笹谷先生が私が辛くなって逃げ出したいときにって、秘密で鍵を貸してくれてるんだ」

どうして鍵を持っているのだろうと考えていたことを見透かしたように、明石さんが理由を教えてくれた。なにも言わないでいるとこんなことを尋ねてきた。

「君は、笹谷先生のことどう思う?」

「ど、どうって?」

「好きかどうかってこと。あ、先生としてね」

先生として好きかどうか。正直わからない。まだ学校に通い出して一ヶ月と少ししか経っていない。笹谷先生と話したことも数える程しかない。それも笹谷先生が用件を伝えて僕は頷くだけ。会話と言って良いかどうかもわからない。でも、明石さんにこの場所を提供したり、良い人ではあると思う。

「私は好き」

答えを出しあぐねていると明石さんがきっぱりと言い切った。

「ちょっとズレてるところはあるけど良い先生だよ。それに上手い」

「上手い？」

「うん。ほら、私ってクラスから疎《うと》まれてるじゃん？」

突然の言葉に動揺する。カミングアウトという程ではない。そんなことはみんなの明石さんに対する態度を見ていれば誰でもわかる。でも、それを疎まれている側の明石さんがこうもあっけらかんと口にすることにどう言葉を返して良いのかわからない。

明石さんは言葉を返さないのをわかっていたかのように話を続ける。

「そんなの笹谷先生も気付いてるよ。でも、それを先生が咎《とが》めたら私がチクッたって理不尽に恨まれて酷くなるかもでしょ？　それこそ本格的ないじめの開始。今でも人によっちゃいじめだって言うかもだけどね。でも私はまだ鬱陶しいって思うくらいでいられてる。それは先生が気付いてないフリをして、ギリギリのところで食い止めてくれてるからなんだ。まあそれでも私はクラスの奴らみんなクソだと思ってるけどね」

淡々とした口調で明石さんは言い切った。でも、少し声が震えているように聞こえた。

その声と明石さんの話した内容で彼女の気持ちがほんの少しわかった気がした。明石さんは自分は疎まれているだけで、いじめられていないと自分に言い聞かせてる。そうやって心を無理矢理平常に保とうとしている。それは強がりだ。一年のとき、なにを言われても薄ら笑いを浮かべるようになった僕と似ている。

「でも、君のことは憎いとか思ってない。別に好きでもないけど少なくとも嫌いじゃない」

「……」

「まっ、突然こんなこと言われてもなんて返したら良いかわからないか」

なにも言葉を返さない僕に明石さんは独り言のようにそう口にした。今度はわざとらしく「そういえば」と大きな声を出して両手を胸の前で軽く叩いた。

「君は、どうしてさっき車椅子を押す前に声をかけてくれたり、スロープを後ろ向きで下った方が良いって知ってたの？　前は知らなかったはずだよね。君のペースで良いから教えてよ」

最後のひと言で少し気が楽になる。ゆっくり、と言われるより自分のペースで話して良いと言われる方が良い。

頭の中でなんて言おうか整理する。福祉用具専門相談員の人に聞いたと言えば良いのかな。でも、福祉用具専門相談員ってなにって聞かれたら、その説明からしないといけない。それは気が進まない。

「し、調べた」

僕は詳細を語るよりひと言で済む方を選んだ。これも逃げなんだろうな、と自己嫌悪。

明石さんがクスクスと笑う。どうして笑うのかわからず首を傾げた。

「いやそりゃ調べたから声をかけたり後ろ向きが良いってわかるんでしょ。そうじゃなくて、どうして調べようと思ったのか教えて欲しいって意味だったんだけど」

明石さんの言う「どうして」の意味を勘違いしていた恥ずかしさで自分の顔が熱くなるのを感じる。その照れを誤魔化すようにスムーズに出るア行から始まる言葉で「あ、そっち」と独り言のように呟いた。

「そうそう、そっちそっち」

明石さんのツボに入ったのか、まだクスクスと笑ってる。笑ってくれていると間が持つ。

その間に調べようと思った理由を頭の中で整理した。

国語の授業で音読を手伝ってくれたことに恩を感じてる。恩を感じたままだと、僕は明石さんのことを見下せない。僕達は互いに見下す関係だから。

明石さんの笑いが落ち着いたタイミングを見計らって、自分のペースで、吃音は酷かったけど、そう説明した。

すると、明石さんはさっきよりも強く笑い出した。

「なに？ 律儀《りちぎ》に私のこと見下そうとしてくれてるんだ。ウケる」

車椅子の上で、上体を前に屈ませてお腹を抱えた。

「律儀に見下すって真面目《まじめ》なのか悪い奴なのかわかんない。ウケる。苦しい。お腹痛い」

笑いが止まらない。ずっと体を縦に揺らしてる。

明石さんの言う通り、『律儀に見下す』っていうのはよくわからないなと思った。そんな風に笑われるのがなんとなく気恥ずかしくなって、どうしたら良いかわからなくなった。

「ごめんごめん。別に馬鹿にしてるわけじゃないんだけど。ふふ、でも、ふっ、面白くて……あーダメ！　笑える！」

そこまで笑ってもらえると気恥ずかしいを通り越して嬉しくなってきた。でも、その感情の伝え方がよくわからない。二年間も家に引きこもっていて、その前は感情を押し殺して愛想笑いしかしなかったから、忘れてしまった。

しばらく理科準備室には明石さんの笑い声が響く。鼻が慣れたのか薬品の匂いは気にならなくなっていた。

明石さんは、ひとしきり笑った後、ようやく落ち着きを取り戻した。そして、問いかけてきた。

「君はこんなときも喋らないんだね。君は私がこうやって普通に笑って、普通に話せることを羨ましく思う？」

心臓が掴まれるようなストレートな問いかけ。普段なら適当に誤魔化す質問。でも、今ここには明石さんしかいない。明石さんなら僕の気持ちがわかると思い、素直に頷いた。

明石さんは、顔を少し俯かせて小さく「そっか」と口にした後、また僕の方を向いた。

「私も、君を含めてみんなが普通に歩いてるの羨ましいと思う。嫉妬するくらい」

嫉妬という言葉が体に染みこむようにスッと入ってきた。

そうだ。僕もみんなが普通に話せるのが羨ましくて嫉妬してるんだ。

「し、し、嫉妬するの、わかる」

思わず同調の言葉が口をついた。明石さんはその言葉に少し満足そうに口角を上げた。

「たぶん私達って似てるんだろうね。自分は不幸だって思ってて、だから自分より不幸な奴を探して安心したい。君の家に私が行ったとき、安心したでしょ？」

今更隠すこともない。僕は大きく頷いてみせた。

「だよね。私もあのとき、すんなり言葉が出てこない君を見てホッとした。もしかしたら自分より不幸なんじゃないかなって。でも、こうやって君が歩いてるのを見ると羨ましいって思う。自分より不幸なはずなのに、自分は持ってないものを持ってる君が羨ましい。君もそう？」

「うん」

「でも、私はどんなに歩ける君のことが羨ましくても、見下すよ」

「えっ？」

羨ましいのに見下すなんて、さっき明石さんが笑ってた律儀に見下すより変な気がした。

「だって、君は喋るのをすぐにやめる」

その言葉と、真っ直ぐ見つめてくる明石さんの視線は、とても辛く痛かった。それでも、視線を逸らすことはできなかった。ここで逸らしてしまうと、もう二度とこんな風に本音を話してくれない。そんな気がしたから。

言葉は返さない。でも視線を外さない僕に明石さんは言い切った。

「私は違う。絶対にまた歩いてやる。歩くのを諦めない。そこが君とは一番違う。だから努力もせずに逃げる君を私は見下すんだ。可哀想な奴だって」

恥ずかしい。

明石さんの言葉に抱いた感情はそれだった。明石さんは冗談を言っていない。本気で歩くと思ってる。諦めてない。どうせダメだ。言葉がつっかえるからやめとこう。そんな風にすぐに諦めてしまう僕と明石さんで、一番の違う部分。それは、努力することと逃げないことだ。

僕は吃音だとかそういうことではなくて、自分自身が情けなくて恥ずかしくてなにも言えなかった。すると、明石さんは蛇のような目を和らげ微笑んだ。

「でもね、少しだけ見直した。私に恩を感じて見下せないって思ったから調べてくれたって言ったけど、私、あのときかなり本気で怒ったんだよ。それでも、君はこっちに踏み出してきてくれた。それは嬉しいかな。だから、ありがと」

そうやってお礼を口にする明石さんは少し恥ずかしそうに鼻の頭を掻いて、顔を俯かせた。

その言葉がたまらなく嬉しかった。金曜日、放課後の教室で足が痛いと苦しむ明石さんの前で泣いて、偶然にも気が紛れて痛みが消えたお礼を言われたときの数百倍も誇らしい気持ちになった。こんな風にちゃんとありがとうって言われることがどれだけ嬉しいか、初めて知った。そんな嬉しさを僕だけのものにしちゃいけない。

一度、ゆっくりと息を吸い、吐くと同時に声を出す。

「ぼ、僕の方こそ、音読させられそうになったとき、た、助けてくれてありがとう。ま、ま、また当てられたら手伝って欲しい。そのかわり、明石さんが大変なときは、ぼ、僕も手伝うから」

何度も言葉を詰まらせた。普通の人がこの言葉を言うよりも長い時間がかかった。それでもちゃんと言えた。その間、明石さんはただこちらに視線を向けて待ってくれた。そして、僕が言い終わると、こう言った。

「私が君の音読を手伝ったのは、私の方が不幸じゃないって自分に言い聞かせる為だよ。それでもまた手伝ったりして良いの？」

明石さんが手伝ってくれた理由を知った。でも、それでも良い。大きく頷いた。それを見た明石さんは切れ長の目を一度閉じて、開くと同時に「わかった」と了承してくれた。

手伝って、手伝われる。

僕の提案が受け入れられたことが嬉しい。僕も明石さんみたいに逃げない努力をしたいと思った。他の人と話すのは無理でも、他の同級生達が人と話すように、明石さんとなら普通に会話をできるようになりたい。だから、本当に今、思いついたことだけど、明石さんに確認する。

「明石さんに毎日、挨拶したいんだけど、良いかな？」

「挨拶？　どうして？」

僕からの突然の確認に明石さんは目を丸くして首を傾げた。

「は、話す努力をする為に、ま、ま、まずは挨拶からかなって思って」

「そっ」

挨拶をしたい理由を聞いた明石さんは、息を吐くように短く相槌を打ち、微笑んだ。

「良いよ。じゃ、今から挨拶してみてよ。今日、挨拶してないでしょ？」

突然の提案にドキリとした。今ここで、急に？と情けないかな、少し逃げたくなった。でも、そんなことはしちゃいけない。今日から変わるんだから。

「おはよう」

こんなにも挨拶するのが恥ずかしいとは思っていなかった。でも、ちゃんと言えた。

満足する僕に対して、明石さんは不満そうに「えー」と口を尖らせた。

「もう昼過ぎてるし、この時間はこんにちはでしょ？」

確かに明石さんの言う通りだ。でも、それは僕が最も苦手なカ行。ちゃんと言えるかな。鼓動が強くなる。明石さんはどれだけ言葉がつっかえても笑わない。それはわかる。でも、今まで何度も周りから笑われ続けてきたことを思い出して、胸が痛む。

「大丈夫。笑わないよ」

心を見透かしたように明石さんは、風鈴の音を思わせるような透明感のある優しい声色でそう言った。その言葉に決心をして、僕はこんにちはという五文字を言おうと口を開いた。

「こ、こ、こ、ここ、こ、こここ、こ、こ、こ」

全然言葉が出てこない。そのことに焦って、肩や首に力が入った。その力みは全身に広がっていく。いつもなら、ここでもうみんなにクスクスと笑われている。でも明石さんは言ったとおり笑わずに、こちらをじっと見つめている。

「こ、こ、こん、こんにち、は」

ようやく言えた。言えた途端、力が抜ける。息が止まっていたようだ。口から空気が肺に入り、肩が上がる。手に汗をかいていたのに気付いて、手のひらを見る。爪あとがくっきり残るくらい拳を握り締めていたらしい。

「うん。こんにちは」

明石さんは優しく返してくれた。そして、一つ提案をしてきた。

「毎日挨拶でそんなに時間がかかるのは大変だ。別の言葉に置き換えてみなよ」

別の言葉に置き換えるというのは僕が普段からしていることだ。でも、それは僕には逃げとしか思えない。いつも言葉を置き換えた後に、「また逃げてしまった」と、自分自身に嫌悪感を覚えていた。そのことを明石さんに伝える。

「私は置き換えるのは逃げだとは思わないかな。喋るのをやめるのが逃げで、置き換えるのは会話をしようとしてるしね。それに私は目上の人間じゃないしただの同級生だよ。クラスの奴らだって挨拶適当だよ。そんな感じで良いんじゃないかな」

その言葉に、今まで自分がやってきたことに対して、ちゃんと肯定された気がして、僕の心の中にあったつかえが取れた。

どうしてこうも明石さんの言葉は僕の心を軽くしてくれるんだろう。「逃げじゃない」とだけ言うならただの慰めだ。でも、クラスのみんなも適当だって、僕がちゃんとした言葉で挨拶しなくても良い理由をあげてくれる。とても気が楽になる。

「そ、それじゃ……ハロー」

言葉を置き換えて挨拶してみた。すると、それを聞いた明石さんが噴き出した。

僕は戸惑って、自分でも目が泳いだのがわかった。

「ごめんごめん。君を馬鹿にして笑ったんじゃないから安心して。フランクに『ちわー』くらいで略すのかなって思ってたからさ。そしたらまさかの英語だから笑っちゃった」

「……そ、そうだね。り、略すってのもあるし、つ、次からそれで行こうかな」

英語よりフランクに略す方が良いと思い、そう呟く。すると、それが聞こえていたらしい明石さんが、僕に見えるように指を一本立てた。

「えー、そのままで良いじゃん、ハロー。私、結構好きだな。ほらもう一回言ってみてよ」

まだ笑いが含まれている声で、そうリクエストしてきた。明石さんって結構笑い上戸らしい。

でも、そんな風に笑われると、なんだか悔しくて言うのを渋る。すると、「大丈夫、笑わないから。ほら、言ってよ」とリクエストしてきた。根負けして、もう一度口にした。

「は、ハロー」

すると、明石さんは満面の笑みを浮かべて、やっぱり笑いを含んだ声で返してきた。

「ハロー」

気恥ずかしい。でも、それ以上に嬉しいという気持ちが込み上げてきて、胸がいっぱいになり、鳩尾辺りが熱くなった。

ありがとう、返事をしてくれて。

そう口にしようとしたタイミングで丁度、明石さんも口を開いた。

「私、卒業式で歩くよ」

明石さんの視線は理科準備室の一つしかない窓から外を眺めていた。釣られて外を見る。体育館を出たときは青と白しか無かった空にほんの少し、明石さんの車椅子の色に似た橙色が交じり始めていた。

「無理だと思ったでしょ？」

「ううん。明石さんは歩けるよ。そ、そんな気がする」

即答で返してから、もしかしたら明石さんは僕が「無理だよ」って返すと思っていたかもしれないと考えた。もしそうなら、明石さんの考えと違ったことを言ってしまったかもしれない。そんな簡単に言うなって怒らせてしまっていたらどうしようと、不安になる。

だけど、そんな心配に反して、明石さんは微かに口角を上げたのがわかった。

「君はそう言うかもって思ってたよ」

その微笑みに少し安堵すると同時に、少しだけ不思議に思った。

「ど、どうして僕が、そ、そ、そうやって言うかもって思ったの？」

「君は私が足が痛いって言うのを信じてくれたから。普通ならありえないことを信じてくれたから。カカシの私にはありえないのに、歩けるって言ってくれるんだろうなって思った」

ああ、と一つ反省する。僕は雨の日に明石さんに怒られた理由だけを探してた。この間の金曜日に感覚の無い明石さんの足が痛んでいた理由を調べていなかった。

「さ、最初はありえないって思った。今もどうして痛むのかは、わ、わからないけどね」

僕の正直な言葉に明石さんは小さく「だろうね」と口にする。続けて、どうして痛むのかを教えてくれた。

「幻肢痛《げんしつう》って言うんだ。手足を無くした人が、無い箇所が痛むのと一緒。たぶん、脳がまだちゃんとわかってないんだ。無いはずの部位が痛むんだから、痛み止めも効かないんだよ」

その説明で全部わかったわけじゃない。でも、切断して無くなった四肢《しし》が痛むことがあるっていうのは聞いたことがある。それが感覚が無くなった足で起きても不思議じゃない。

「教えてくれて、ありがとう」

きっと自身の体のことをこうやって人に言うのは気が進まないと思う。僕だって、あまり吃音症のことを説明することはしたくない。それでも教えてくれたことに感謝する。

「どういたしまして。それじゃ、教えたついでにもう一つ、私のこと教えてあげる」

明石さんは少し悪戯っぽい笑みを浮かべた。そして、すぐに真剣な表情になった。

「私、卒業式で歩けなかったら自殺するから」

蛇のような切れ長の目で僕を見つめて、そう言った。

表情も口調も全部が本気で、それが冗談ではないとわかる。明石さんは卒業式で歩けなかったら自殺するんだ、と確信した。でも、それを止めようとは思わない。自殺するのは明石さん自身の問題だからとかそんな投げやりな理由ではなくて、僕は確信してる。

「明石さんは歩けるよ。ぼ、僕の命を賭けても良い」

明石さんは絶対に歩く。根拠があるわけではないけれど、なぜか心の底からそう思う。

明石さんは「なにそれ」と、三日月を横にしたみたいな目になって、クスクスと笑った。

「も、もし歩けなかったら。そ、そそ、そのときは、一緒に死ぬってことだよ」

「……冗談ではすまないよ。ごめんって謝っても、君をナイフでめった刺しにして殺した後、私も死ぬからね」

明石さんの柔らかい表情がまた一転する。射るような目になり、低く脅すような口調で殺すと言い切った。

「うん」

僕も得意の愛想笑いは一切作らず、真っ直ぐ明石さんを見据えて頷いた。

理科準備室に静寂が訪れる。グラウンドで活動する色んな部活の声や音が微かに聞こえてきた。窓から見える空に浮かんだ雲が夕焼けで赤黒くなっていた。流れ出た血の色に似ていると思った。

＊

どこかの家からカレーの匂いが漂ってきた。夕暮れ時にそんな空腹を刺激するような匂いを嗅げば、腹の虫が鳴いても仕方ない。でも、今日は全く食欲が湧かない。

明石さんの車椅子を押して歩く僕の横を赤い車が猛スピードで過ぎ去っていった。改造でもしているのだろうか、激しいエンジン音が遠く離れていっても聞こえてくる。

そんななか、なにも喋らないまま帰路についていた。

自然と視線が落ちる。外履きではなく、学校の上履きを履いた自分の足が目に入った。

胸に怒りと悲しさ、恐怖や不安が込み上げてきた。ぐちゃぐちゃになった感情を声に乗せて叫びたくなる。

「行きたいとこあるんだけど、時間良い？」

どこかの家の塀に止まっていたカラスが鳴くのとほぼ同時に明石さんが口を開いた。

「うん」

「ありがと。それじゃ、総合運動公園裏の別津川《べっつがわ》に行って。野球場のとこに下りられるとこあるから」

頭の中で場所を思い浮かべる。中学に入る直前この町に引っ越してきた僕は、すぐに引きこもってあまり土地勘が無い。それでも総合運動公園は一つしかないので、どこかわかった。別津川は確か、運動公園前の国道の反対側を流れてる小さな川のことだ。少し遠回りになるけれど、帰る方向は同じだ。

すぐに明石さんが指定した場所へと歩き始める。また会話は無くなった。黙っていると、さっき教室で起きていたことを思い出してしまい、溜息が漏れた。

理科準備室に隠れて、時間はかなり経ったので僕と明石さんは教室に鞄を取りに行ってから帰ることにした。

油断していた。学校にまた通い出してから、クラスのみんなから避けられているのはわかっていたけど、露骨な嫌がらせはそこまで受けていなかったからだと思う。

教室に入った瞬間、今までの静けさから状況が一変していたことがわかった。教室内、それも黒板の近くに置いてあるゴミ箱の周辺に、教科書やノートが散乱していたからだ。破かれていたものもあった。

それを目にした瞬間、一年のときの光景がフラッシュバックして、心臓を掴まれたみたいに胸が痛んだ。ゴミ箱には鞄が雑に捨てられていた。

一通り教室内を見回してから、視線を自分の机に向ける。僕の鞄は机の引っ掛けにぶら下がっていた。次に明石さんの机に目をやると、鞄は無かった。目の前がグラついた。

「私の方か、始まっちゃったな」

僕のお腹の辺りから明石さんの声がぽつりと聞こえてきた。

「ひ、拾うよ」

すぐに我に返り、明石さんをその場に残したまま、散乱した明石さんの教科書やノートを必死になって拾い集める。動揺していたのか手が滑りノートが上向きに開いて落ちた。

『あのとき死ねば良かったのに』

ボールペンで書き殴られたその文字は、何度も上からなぞられていて、一目見ただけで憎悪が込められているとわかった。こんなの明石さんに見せられない。そのページを破ろうとする。けど愕然とする。他のどのページにも明石さんに対する罵詈雑言が書かれていた。

「ほんと、死んでれば良かったって自分でも思うよ」

いつの間に近づいていたのか、すぐ後ろから鼻で笑う明石さんの声が聞こえて体が強張った。

「す、すみません」

咄嗟に謝る。どうして君が謝るのと不思議そうな声が聞こえた。それにはなにも言えなかった。謝るのが癖になっている自分が嫌になった。

無言のまま全て拾い終わり、鞄に入れなおして明石さんに手渡す。

「ありがと。さ、気にせずに帰ろ」

綺麗な透明感のある声。でも、わざとらしすぎて、空元気だと思った。僕はなにも言わずに頷いて、自分の鞄を取りに机に向かい、見てしまった。

僕の机に「偽善者ピエロ」とチョークで書かれていた。

今すぐにでも消したくなった。でも、ここで机の上を拭いたりしたら、まだこれを見ていない明石さんになにかあったことがバレる。きっとこれを見たら、明石さんは責任を感じる。消さずに外履きの靴を取り出そうと鞄のファスナーを開く。

靴が無かった。

また目の前が揺れる。吐き気が込み上げてくる。

「どうしたの？」

さすがに態度にも出ていたらしい。明石さんがそう言って首を傾げたのが見えた。

「ち、ちょっと、ト、ト、トイレ行きたくなって」

「そっ。じゃあ先に下駄箱のとこ行ってるから」

そう言うと、明石さんは先に教室から出ていった。明石さんの姿が見えなくなった瞬間、目に涙が溜まり始める。これが流れると涙の痕が残る。零れる前に袖で拭った。

教室から見て、昇降口とは逆方向にあるトイレへと向かう。靴はそこにあるとすぐにわかった。だって、きっとこれをしたのは一年のときに岡本君と一緒になって僕をいじめていた金田君だから。

机の上に書かれていた偽善者って言葉から、六時間目に明石さんの車椅子を押してスロープを上ったことが金田君の反感を買ったのだとわかった。だから、あの机の文字を見られたら、明石さんはみんなに聞こえるように僕が手伝ったと言ったことを後悔してしまうかもしれない。それが嫌だった。

外履きの靴はトイレの大便器の中に捨てられていた。登校を再開して少し経ってからお母さんが白い靴を買ってくれたので、お父さんの革靴じゃなかったのが幸いだった。

掃除用具入れから、銀色のゴミバサミを取って大便器の中の靴を掴んでゴミ箱に捨てた。

さすがにこれを履いて帰りたくない。明石さんに上履きで帰っているのがバレないようにとだけ祈って、トイレを出る。教室に戻り、机の落書きを消してから昇降口へと向かった。

「ここから土手の下に下りて」

明石さんの声に我に返る。足が自然と動いていたらしい。気がつくと明石さんの指定した川沿いにまで来ていたようだ。

明石さんの視線の先には土手の下に下りる為の坂道があった。高さは二メートルから三メートル程度、土手に沿うように整備された坂道は学校の体育館に備え付けられたスロープのようにあからさまに急勾配というわけではない。それでも車椅子での自走で上るのが大変そうだと感じたのは、その長さがバスケットコートと同じくらいあったからだ。その坂の端には名前も知らない雑草が生い茂っている。

坂道の下には、人がすれ違うことはできるくらいの幅の、土が固められた道があった。その向こうにはフェンスの無い小さな川。見ただけで浅瀬なのがわかる。近くに野球場や体育館、テニスコートといったスポーツ施設が集まった総合運動公園はあるけれど、その裏側を流れるこんな小さな川には誰も近づかないのか、スポーツを楽しんでいる人の声は聞こえても、周りに人影はない。

後ろ向きで、ゆっくりと確認しながら土手の下まで下りた。

「ありがと。それじゃ見てて」

「み、み、み、見ててって、それだけ？」

僕の問いかけに、明石さんは「そ」と短く返事をした。そう言われたから、橙色の車椅子の持ち手から手を離した。

明石さんは一度、二度と大きく深呼吸をして、三度目、息をいっぱい吸い込んで、

「ああああああああああああああああああああああああ!!」

今までに聞いたことのないくらい、大声を上げて勢い良く車椅子を自分で漕ぎ始めた。向かう先にはさっき僕達が下りてきた坂道。

上り坂になったそれを明石さんは、叫び声を上げながら一人で上っていく。もしも途中で体力が尽きたら落ちてしまう。勢いがつきすぎてしまうとフェンスが無い川に落ちるかもしれない。浅瀬でも歩けない明石さんにはとても危険だ。

そう思って、咄嗟に追いかける。

「見てて!!」

足音が聞こえたのか、明石さんは振り返らずに叫んだ。あまりの剣幕に立ち止まる。落

ちてきてしまったときに受け止められるよう、坂の下で踏ん張る為に足を開いて待った。

上るスピードが落ちてくる。ハラハラと見守る。それでも明石さんは両手を精一杯使って車椅子を漕いで、僕の心配を余所《よそ》に坂道を上りきった。

「どうだ！」

残った息を全て吐ききるようにそう叫ぶと、顔を空に向けて大きく息を吸ったのが坂道の下からでもわかった。

すぐに駆け寄った。運動をあまりしていない僕の貧弱な足では走って上るだけで負荷が強く感じられた。それを明石さんは車椅子で誰の手も借りずに上りきった。

「す、凄い」

明石さんの側まで行き、素直に口にする。

「この坂を、必死に、上ってたら……。嫌なこととか、全部、忘れられるんだ」

明石さんは、きっと今までも嫌なことがある度にここに来て、同じように一人で叫んで息も絶え絶えになりながら上ったんだろう。でも、僕はそれを知って心配になる。

「危ないよ。も、もし失敗して落ちたら、か、か、か、か……別津川に落ちるよ」

「大丈夫だよ。見た目よりも余裕あるよ。ちょっと頑張ったら上れるくらいだから、そんなへマしない」

明石さんがそう言うのならそうなのかもしれない。でも心配は消えない。だから、提案した。今度からここに来るときは僕も一緒に来て下で待つから、と。

するとと明石さんは少し嬉しそうに「ありがと」と僕の目を見た後、大きく息を吸った。

「上り切った達成感と興奮の勢いのまま言うね」

そう言うと視線を外し、続きを口にした。

「修学旅行の自由行動の時間、一緒に行動しよう」

強い風が吹いた。明石さんの短い髪がなびいて顔を隠す。顔にかかった髪を戻すと同時に明石さんは俯いてしまって表情がわからない。

まさかそんなことを言われるなんて思ってなかった。僕は目を見開いて固まってしまった。二人の間に静かな時間が数秒経過した。痺《しび》れを切らしたように明石さんが口を開いた。

「私も女だから、こういうこと言うの勇気いるんだけど。返事は？」

僕はそれに我に返り、自分でも驚くくらい大きく、二度、三度と頷いた。

「ふふ、なにその顔。口が開いたままでまぬけ。あんぐりって言葉がぴったりだ」

明石さんがクスクスと笑う。

ついさっき教室であったことでモヤモヤが胸の奥でずっと渦巻いていたけど、坂を上る明石さんの姿を見た心配で薄れ、さらに突然の提案で完全に消え去ってしまった。その次に胸に生まれたのは、なんとも言えないくすぐったさだった。

「加瀬君が一緒に行動してくれるなら、ちょっと修学旅行楽しみだ」

初めて面と向かって『加瀬君』と呼んでくれたことに胸が高鳴った。だけど、突然だったことで驚いて、咄嗟に言葉が出なかった。嫌なわけじゃない。むしろ逆で心が弾み心地良さすら感じる程だった。

僕が少し黙ってしまったことを不思議に思ったのか、明石さんはこちらを真っ直ぐ見つめながら首を傾げた。

「ぼ、僕も、す、す、少し楽しみになった」

慌てて返事をする。少しすると、名前を呼んでくれた喜びの他に恥ずかしさも芽生えてきた。思わず視線を下に落とす。学校の上履きが目に入る。夕焼けに染まり上履きは白いはずなのに橙色に見えた。靴を大便器に捨てられたせいで、仕方なくそのまま履いてここまで来た上履きを目にしても、不思議と胸のざわつきはなかった。

総合運動公園の方から男女の笑い声が風に乗って聞こえてきた。明石さんのショートカットの髪が揺れて、柑橘系の香りが鼻をくすぐる。

いつか僕も明石さんとあんな風に——。

自分の顔が赤くなったのがわかる。でも、きっと夕焼けが隠してくれている。だから微笑む明石さんの顔をじっと見つめていられた。

*

雨が廊下の窓をこつこつとひっきりなしに叩く。

十月も半ばになると、日の当たらない廊下は肌寒く感じるようになった。隣では珍しく綺麗な恰好をしたお母さんが少し緊張した様子で外を眺めていた。

十月の上旬にあった中間テストの結果がすこぶる悪く、先生と話をしないといけなくなった。僕だけが春の三者面談を行っていないということで、お母さんも交えることになった。

いつもなら廊下にいれば他の生徒の目も気になる。でも、今日は土曜日で学校は休み。視線を気にする必要はなかった。

平日の放課後ではなくて土曜日にしてくれたのは、担任の笹谷先生の配慮なのかもしれない。そう思ったのは、いつか明石さんが笹谷先生は上手いと褒めていたからだ。

三者面談の時間までまだ少しある。お母さんが遅刻してはいけないと言って随分と早く家を出たものだから、顧問をしている部活に顔を出している笹谷先生がやってくるのを待つことになった。

誰かの目を気にしなくて良いという意味では落ち着いていても、どこか不安が渦巻いている。

金田君を始めとするグループの僕に対する接し方が、十月の最初、修学旅行の話があった日から酷くなった。お母さんがそのことを聞くんじゃないかと心配だ。とは言っても一年のときの岡本君のような暴力はまだ無い。靴を捨てられたのも最初だけで、されることといえば、毎日机に罵詈雑言を書かれるのと、吃音に対して露骨に笑いものにしようとしてくるくらいだ。

辛くないと言えば嘘になる。でも、そんなこと口が裂けても言えない。

その理由は一つ。

僕の目から見ても明石さんの方が酷い仕打ちを受けている。僕が自分のこれを『いじめ』だと言えないのは、明石さんへのそれこそがいじめだと思っているから。

ともかく、一年の頃よりも酷くない今の状態なら耐えられる。だから今日、そのことを話題に出して変に事を荒立てないで欲しいと願わずにはいられなかった。

お母さんが視線を窓の外から腕時計に移した。「そろそろかな」と独り言を呟いたのが聞こえた。それとほぼ同時に、ぱたぱたと小走りで近づいてくる足音が聞こえてきた。

「すみません。遅くなりました」

スーツに身を包み、腕にいくつかの書類を抱えた笹谷先生がそう言って軽く頭を下げた。

「いえいえ、今来たところですので」

お母さんが形式的な嘘を口にして会釈し、「今日はお願いします」と続けた。

「こちらです」

笹谷先生がドアを開く。等間隔に並べられた机と、落書きとゴミが一つもない教室が目に入った。

学校のある日なら、登校してドアを開く瞬間はいつも緊張する。クラスメイトの視線が怖いのもあるが、最近はどんな中傷を机に書かれているのか、明石さんの机にゴミが詰められていないか、とか、そういう不安を感じている。

笹谷先生が机を動かして、対面になるように設置した。「どうぞ」という言葉に従い、座った。

対面に座った笹谷先生が僕に顔を向けた。

「今日は、お母さんもいらっしゃってて、名字だとややこしいかもだから、真中君と呼ぶね」

「は、はい」

僕が頷いたのを見て、笹谷先生は微笑んだ。

「こないだの中間テストは少し結果が悪かったね」

「この子、馬鹿で本当に恥ずかしい限りです」

僕に話しかけてきたはずなのに隣のお母さんが答えた。その返事が僕には面白くない。不機嫌な表情を浮かべた。

「いえいえ！　真中君はまだ学校に来るようになったばかりですし、わからない部分も多いと思いますので」

すると笹谷先生が僕の言いたかったことを代わりに言ってくれた。僕は視線をお母さんに向けて、心の中で「そういうこと」と呟いた。

「ところで、公立を受けるつもりなのね」

笹谷先生が、持ってきていた書類の中から九月に出した進路調査のプリントを取り出して、僕とお母さんの目の前に差し出した。

「一応」

ひと言で返事をする。お母さんが「真中」と注意するように口にした。でも、その後は言わなかった。ちゃんと最後まで言いなさい。そう言いたかったのかもしれないけれど、吃音のことを考えて言うのを躊躇《ためら》ったのだろう。

「大丈夫ですよ」

笹谷先生も察したらしく、優しく口にした。「ありがとうございます」とお母さんが頭を下げた。

「正直に言うわね。今のままだと内申点が低くて難しいかもしれないわ。でも、真中君が書いてくれた高校なら、これから受験勉強をしっかりすれば合格も見えてくるかな」

なにも言わずに小さく頷いた。お母さんが少し安堵した表情を浮かべたのが横目に見えた。やっぱり、高校には行って欲しいと思っているんだなとその表情でわかった。

「それと私立も受けるつもりなのよね？」

その問いかけにまた、言葉を発することなく頷いて返事代わりにする。

「そうね……」

笹谷先生は言い淀んだ。不思議そうにお母さんが首を傾げた。ほんの少しの間があった後、笹谷先生は決心したように「うん」と頷いて、真剣な表情でお母さんを見て、次に僕を見た。

「志望している私立は筆記試験の後に面接があるのだけど、大丈夫？」

面接という言葉に少し胸がざわついた。最後の「大丈夫？」という言葉でなにを言いたいのか全てわかる。吃音だと面接で苦戦すると言いたいのだろう。それはお母さんにもわかったらしい。今にも泣き出しそうな表情で俯いた。

「あの、面接の無い私立高校はあるのでしょうか？」

俯いたまま、僕を心配してかそんなことを尋ねた。先生は小さく頷いた。

「あることはあります。ですが……」

また迷ったように言葉尻を濁し、僕をちらりと見た。僕にとって厳しいことを言おうとしているのだと感じた。

「ですが……？」

お母さんが少し焦《じ》れたように先生の言葉をなぞり、その次を促した。先生が軽く目を瞑り、一度だけ静かに深呼吸をした。そして目を開くと「まだ先の話になりますが」と前置きをしてから、続きを口にした。

「真中君も将来的には働くことになります。アルバイトするにしろ就職するにしろ、その際には必ず面接があります。少し厳しいことを言いますが、志望された高校の面接は試験においてそこまで重要ではないと思っていただいても結構です。ですが、高校での面接を回避するのは将来の為になりません。私としては、是非、真中君には面接を受けて欲しいと思っています」

笹谷先生ははっきりとした口調で言い切った。その言葉に僕もお母さんもなにも言い返せない。全部その通りだとわかってるから。

笹谷先生は黙ったまま僕の顔を真っ直ぐ見つめる。どうしようか心が揺れる。笹谷先生が僕のことを考えて受けた方が良いと言ってくれたのはわかる。でも、勇気が出ない。不安と緊張が相まって何度も言葉がつっかえるのは目に見えている。試験官は笑わなくても、入試を受けた他の生徒が聞いていたらどうだろう。そのことを考えると胸が痛い。逃げたくなる。

ふと、頭の中に土手の坂を車椅子で必死に上る明石さんの姿が浮かんだ。振り返って明石さんの机を見た。

月曜日、明石さんは逃げずにあそこにやってくる。クラスメイトにどんな仕打ちを受けても登校してくる。涼しい顔のまま毅然《きぜん》とした態度で授業を受ける。内心、どんなに辛くても人にはそれを見せない。そして、またあの土手を一人で上るかもしれない。

視線を元に戻す。先生の目を真っ直ぐ見つめ返す。

「受けます」

できるだけはっきりと言い切った。横を向くと、隣のお母さんが驚いた表情を浮かべていた。顔を前に向ける。笹谷先生は目を細めて二度、三度と頷いた。そして、自分の前で小さく拳を握って、少しだけ語気を強めてこう言った。

「頑張ろうね。勉強もわからないところがあれば、いつでも聞いてね」

僕はそれに小さく頷いた。

それを終わりの合図にしたように進路の話は終わる。そのまま三者面談も終わる。そう思ったのだけど、お母さんが先生に突然尋ねた。

「あの、真中の学校での生活はどんな感じなのでしょうか？」

心臓が一度、強く鼓動した。僕は目を見開いてお母さんの横顔を見た。お母さんは眉をハの字にして心配そうな表情を浮かべている。机の上に置いて組んだ両手が小刻みに震えていた。

「先生もご存じの通り、この子は吃音です。そのことでクラスで孤立」

「お母さん！」

僕はお母さんの言葉を遮るように大きな声を上げた。これ以上、この話をして欲しくない。

「でもお母さん、真中のことが心配で」

「お母さん！　だ、だ、大丈夫だから！」

それでも続けようとするお母さんを、大丈夫という言葉を強調して遮る。

お母さんがまた悲しそうな表情を浮かべた。

「せ、先生。も、も、もう良いですよね」

僕はそう言うと立ち上がった。笹谷先生は短く「そうね」と息を吐くように呟いた。

「受験のことも決まりましたし、真中君の言う通り、私の目から見てもお母さんが心配しているようなことはありませんので、安心して下さい」

笹谷先生が僕に同調してくれた。その様子を見て、お母さんもそれ以上尋ねるのはやめて立ち上がる。教室の中に窓を打つ雨の音が響く。外は暗く、蛍光灯の光がやたらと眩しく感じた。

僕とお母さんは軽く会釈をして歩き出す。お母さんが先に教室を出て、僕も後に続いて出ようとした。すると笹谷先生が僕のことを呼び止めた。

「これ、先生がまとめたんだけど」

そう言うと、何枚かの紙を僕に手渡してきた。これはなんだろうと紙に視線を落とす。なにが書かれているのか確認する前に笹谷先生が教えてくれた。

「修学旅行中の自由行動の行き先を提出しないといけないでしょ？　それを提出されてる

分だけまとめたの。もうほとんど提出されてるけど、加瀬君と明石さんは未提出だから、それを参考にして考えてね。再来週の月曜日までに提出してね」

「良いんですか？」

少し驚いて先生に尋ねる。

「本当はダメだから、他の子にも、もちろん学校にも内緒ね」

笹谷先生はそう言うと、少し悪戯っぽく人差し指を唇に当てて一度、ウインクをした。心からありがたいと感じた。深くお辞儀をして教室を出る。

三者面談を土曜日にしてくれたり、クラスメイトの自由行動の行き先を教えてくれたり、明石さんの言う通り、笹谷先生はちゃんと考えてくれているんだと実感した。

廊下ではお母さんが待っていて、僕が出てくると教室の中にいる先生に会釈をして「行くよ」と歩き始める。僕はその少し後ろをついて歩いた。雨雲の色に似たグレーの傘を差す。雨の打つ音を耳にしながら帰路についた。


帰り道、僕とお母さんの間に会話は無かった。

三者面談の最後、お母さんの言葉を遮るようにして無理矢理終わらせたせいかもしれない。もしかすると、今日三者面談があるとお母さんに伝えた日から、学校での僕の様子を尋ねてみようと決めていたのかもしれない。

数分前、学校を出た頃は、歩く度にアスファルトに溜まった水を撥ねる音が聞こえていた。それが今は、どんどん雨足が強くなっていき、傘を打つ雨音の方が大きくなって、聞こえなくなってきた。

少し前を歩くお母さんは顔を俯かせていた。車通りの多い国道の上に架けられた歩道橋を渡り、人気の少ない道に入る。ほとんど黒に近い厚い雨雲で暗くなった町にやたらと明るく灯る自販機の光が見えた。

雨で体が随分と冷えた。ポケットの中にいくらか小銭が入っていたことを思い出して取り出す。二人分の飲み物が買えるくらいの金額はあった。

なにか温かい飲み物でも買って帰ろうかな。少しでも早く家に帰ってシャワーを浴びた方が良いかな。

自販機の前でお母さんが立ち止まった。

なにか買うのかな。そう思った。

でも、お母さんはなにも買わず、雨音で掻き消されそうになるくらいの声で呟いた。

「真中、ごめんね」

三者面談で学校での僕の様子を尋ねようとしたことを謝っているのかなと思った。確かにそれを聞かれるのは嫌だった。でも、親に謝られると胸が締めつけられる。あんなに無理矢理終わらせることもなかったかなと内心、反省する。

でも、お母さんが口にした次の言葉で、そのことを謝ったんじゃないとわかった。

「お母さんのせいで、真中は吃音になったんだと思うの」

「えっ」

それまでうるさいくらいに思っていた傘を打つ雨音が消えた。締めつけられた胸が痛みを訴え出す。

吃音がお母さんのせい、どうして？　なんで？　どういうこと？

意味がわからず、「？」が頭の中をぐるぐると駆け巡る。混乱する僕を余所にお母さんが自身の想いを吐露していく。

「真中が小さいときにしつけの為にってお母さん、激しく怒りすぎたせいで、ストレスがかかったのかもしれないわ」

ストレスという言葉に小学生のときのことを思い出した。夜中にお母さんがパソコンで吃音について調べていて、それがたまたま遠目に見えた。確か画面にはストレスが原因と書かれていた。

「高熱を出して熱性痙攣《ねっせいけいれん》を起こしたとき、すぐに治まると思ってたのになかなか治まらなくて……。もっと早く救急車を呼んでいれば、言葉も普通に話せるようになってたかもしれない」

お母さんの言葉がどんどん震えていく。

「真中がお腹の中にいるときにお母さん、おばあちゃんの悪口言ったりしたから、神様が怒って私の一番大切な真中をそんな風にしたのかもしれない」

そんなこと絶対に原因じゃない、そう言おうとしたけど言葉が出なかった。それは、お母さんの目から流れ出た大粒の涙が見えたから。

「真中がそうなったのはお母さんのせいなの。学校に行かなくなってから、何度もお父さんや先生に相談はしたの。どうにかしようって。でもダメだった。お母さんもお父さんも頭はそんなに良くないから、学校の言うことにちゃんと返答することができなかった。だから、真中の意見を尊重することが一番だって、それに縋《すが》っていたの。でも、その結果、高校受験もその後も苦労することになったよね……。ごめんね。ごめんね」

お母さんはそう言うと、持っていた傘をアスファルトに落とし、両手で顔を覆った。強い雨がお母さんを打つ。震える肩が濡れて染みていく。濡れた髪に白髪が交じっているのが見えた。

これ以上濡れると風邪を引くかもしれない。自分の傘は差したまま、開きっぱなしで落ちた傘を拾って、お母さんが濡れないように拾った傘を差した。

謝罪の言葉。零れる涙。随分と多い白髪に僕は、お母さんがずっとこうして自分を責めてきたのだと知った。きっとそれは、僕が吃音だと気付いてからずっと。もう何年も自分だけを責めてきたのかもしれない。

でも違う。僕が吃音になったのはお母さんのせいじゃない。それは絶対に違う。学校に行かなくなったのも僕の問題だ。それで両親が動いてくれていたことも知らずに、僕は家に引きこもって、はっきりとした理由すら今も伝えられていない。それなのに二人は僕の気持ちを第一に考えてくれて、理由を問い詰めたり学校に行けと怒ったりしてこなかった。それがどれだけ僕を安心させてくれただろうか。だから、絶対に親が悪いことなんてない。二人が間違ったことなんて何一つない。

だけど、そんなことを言ってもこれまでずっと自分自身を責めてきたお母さんには気休めにもならないだろう。これからも自分を責め続けるだろう。

お母さんが少しでも自分を責めなくて良くなる言葉を必死に探す。でも、なかなか見つからない。なにか無いか、必死に考えているとすぐ横を自転車が通り、車輪が水溜まりの水を少し撥ねた。

その音で思い出す。雨の日に明石さんに怒られたこと。そのときはどうして怒られたのかわからなかったけど、後にその理由がわかったこと。

そうだ。僕が明石さんと接点を持つようになったのは、きっと——。

「ぼ、僕は、は、話すとつっかえるおかげで、と、友達ができたんだ。た、たぶん、つ、つっかえなかったら友達になれてないと思う。だ、だ、だから、ありがとう」

きっと僕が吃音だからだ。

お母さんが、その言葉に、涙で赤く腫らした目を見開いてこちらに顔を向けた。

明石さんの気持ちはわからない。少なくとも最初は僕を見下して学校でも安心できるようにと、夏休み明けに僕の家に来たんだ。僕が吃音じゃなかったら、明石さんは来てない。吃音を障がいだって認めてくれてるから、身体障がいを持つ明石さんは来てくれた。明石さんのことを友達と言って良いのかはわからない。でも、接点を持てたきっかけは絶対に間違ってない。それに、僕は明石さんと接点を持てたことを良かったと思ってる。

だから、もう一度、お母さんに向かって言った。

「ありがとう」

お母さんは僕から感謝の言葉が出てくるとは思っていなかったのか、笑みを浮かべようとしてくれたのか口角を微かに上げた。でも、それはとてもぎこちなくて、すぐにまた顔をくしゃくしゃにさせて、目尻から涙が零れたのが見えた。

今日が雨で良かったと思った。

傘を強く打つ雨の音が、お母さんのすすり泣く声を、僕の耳に届く前に掻き消してくれるから。お母さんの泣き声が聞こえてきたらきっと、僕まで泣いてしまう。

雨の日の独特の匂いが鼻の奥に残る。僕はその日、生まれて初めてお母さんに飲み物を買った。温かいミルクティー。それは、僕は今、吃音に対して前ほど苦い思いはしていない、という気持ちを精一杯込めたメッセージのつもりだった。

＊

三者面談からちょうど一週間後の土曜日。

空は見事な秋晴れで、三六〇度ぐるりと見渡しても雲ひとつ見当たらない。行楽日和という言葉がぴったりで心なしかいつもの休日よりも車の走る量が多い気がする。

そんななか、僕は駅に向かっていた。明石さんと待ち合わせをしていたからだ。

同じ中学に通っているくらいだから、互いの家はそんなに離れてない。駅まで行く方が遠い。それなのに駅で待ち合わせをしているのには理由がある。

駅の近くにある病院で明石さんがリハビリをしていて、終わってから会う約束をしているからだ。

集合時間は午前十一時。僕は、駅近くの本屋で久しぶりに本でも買ってから集合場所に向かうつもりで早めに家を出た。

休日に明石さんと会うのは初めてだ。心が弾んでいる。でもそれが、明石さんと会うことが楽しみだからなのか、物心ついてから初めて休日に同級生と遊ぶことに浮かれているからなのかは自分でもわからなかった。どちらにせよ、普段学校でのことなんかお母さんに話したりしないのに、数日前に土曜日に出掛ける約束をしたと伝えた時点で、気持ちが浮ついていることは確かだ。

向かう途中、晴れた秋空の下を歩くと気持ちだけでなく、足取りまでも軽くなった気がした。でも、それはすぐに落胆へと変わる。

待ち合わせ前に行こうとしていた本屋が改装の為、休業中だったからだ。

この町に引っ越してきて二年半程。ほとんど出歩くことなんてなかったから、駅前になにがあるかわからない。集合時間まではまだ一時間以上もある。

さて、どうやって時間を潰そうか。

ネットカフェは無さそうだ。辺りを散策。却下。あまり賑わっていない田舎《いなか》だから、すぐに行き詰まることは明白だ。

しばらく、ああでもないこうでもないと考えて、一つ思いついた。

明石さんのリハビリを見に行ってみよう。

今後も手伝えることがあれば、明石さんの手伝いをしたいと思っている。それなら、リハビリを見たらなにか参考になるかもしれない。終わったらすぐに合流もできるしそれが良さそうだ。

そう決めて、駅から徒歩五分程のところにある病院に向かう。車一台通るのがやっとの細い路地を西に真っ直ぐ歩く。途中、たい焼き屋があって、あんこの甘い匂いが辺りに広がっていた。

たい焼き屋を過ぎて少し歩くと、最近改装されたばかりの綺麗な商業施設が見えてきた。店内を通っても病院には行ける。でも、中には入らず迂回《うかい》した。学校の連中が遊びに来ている可能性もある。休日にまで会いたくない。それに迂回してもそこまで大きな時間のロスがあるわけでもない。

商業施設の外を歩いて福祉会館の建物を過ぎると、真っ白で大きな病院が見えた。

駐車場を歩いて、正面入り口から中に入る。

広いロビー。土曜日にも診察しているらしく、待合にはたくさんの人がいる。みんなぐったりとした顔をしていた。それが体調不良のせいか待ち時間のせいかは、見ただけではわからなかった。

リハビリをしているところはどこか探す。受付で聞けば早いのはわかる。でも、吃音が怖くて、初対面の人とは極力話したくない。

辺りを見渡すと受付の横に院内の案内図があるのを見つけた。

リハビリ室は一階奥。案内図でルートを覚えて向かった。途中、白衣を着た男性や看護師とすれ違った。その度に体調不良でもないのに病院に来ている後ろめたさで俯いた。

リハビリ室に到着する。ドアは開け放たれていて外から眺めることができた。

中に入らなくても明石さんの姿はすぐに見つけることができた。年配の方が多いなか、一人だけ若かったから。それに、こうして見ると明石さんの顔立ちは凄く整っていて目立つ。

大人の男性でも大の字で寝転ぶことができるくらい大きな台の縁に、黒いジャージ姿の明石さんは座っていた。目の前にコの字の形をしたシルバーのフレームの器具が置いてある。その上部にある黒いグリップを明石さんは両手で握っている。明石さんのすぐ横には水色のポロシャツを着た女性が立っている。他にも水色のポロシャツを着た人が何人かいる。みんな年配の方に付き添ってなにかを伝えたり、見守っていたりしていることから、たぶん、あの服を着ている人は理学療法士だろう。

明石さんの傍にいる理学療法士であろう女性が指で一、二、とカウントをとる。そして、指が三本立つと同時。明石さんは腰を浮かした。遠くから見ても足に踏ん張りは全くなくて、コの字の形をした器具を頼りに腕の力だけで立とうとしているのがわかる。

いつも涼しそうな表情の明石さんの顔が歪む。歯を食いしばっているように見える。

行け！　立て！

心の中で叫ぶ。

だけど、明石さんはバランスを崩す。危ない、と咄嗟に足が半歩前に出た。明石さんの体は女性がすぐに受け止めて、また台の上にゆっくりと座らせた。

明石さんが安全に座ったのを見て、僕の力も抜ける。拳を強く握っていたことに気付いた。

台に座った明石さんは顔が赤くなっていて、肩で大きく息をしていた。その前に女性が片膝をついてなにかを話している。明石さんは何度も頷いていた。

少し休憩した後、また明石さんは器具を頼りに立とうとする。でも失敗。また休憩。トライ。失敗。休憩。トライ。失敗。

それを何度も繰り返す。見た目にはもうすぐで立てそうなのに、あと少しが上手くいかない。器具を頼りに立つだけで、こんなに出来ないものか、と自分の考えが甘かったことを思い知った。

なにか支えがあれば大丈夫なんじゃないかってどこかで思っていたのかもしれない。でも、それは僕の理想。現実は立つことですら失敗を繰り返していた。

それでも明石さんは諦めず、何度も繰り返した。何度目かの挑戦でようやく立つことができた。一瞬、明石さんの表情が和らいだ。でも、またすぐ真剣な表情に変わる。明石さんの傍にいる女性は気を緩めることなく、ずっと見守っている。

器具を頼りに立つ明石さんが、その器具を少し持ち上げた。

瞬間、せっかく立ち上がったのにすぐに崩れる。それをまた女性が支えた。今度は座らせることはせず、そのまま器具を頼りに立たせる。また、明石さんが器具を持ち上げる。体勢が崩れた。二度、三度と繰り返す。でも、今度は立ち上がったときのように、あともう少しという言葉も言えないくらい全くできていないように見えた。

コの字の形をした器具を少し持ち上げて元の場所から少し前に置き、それに腕の力で体を引き寄せる。そうやって歩くんだろうってことはここまで見てわかった。でも、全然できない。少し持ち上げただけで、膝が力なく折れる。あれでは前になんて進めない。

胸が締めつけられた。明石さんはどんなに失敗しても諦めない。表情で心は折れていないことがわかった。

僕はその場を後にする。安易な気持ちで見に来たことを後悔した。僕はまだ喋る努力が足りてない。さっき、受付にリハビリ室の場所を聞かなかったことが恥ずかしくなった。

こんな僕がリハビリを見ていたなんて言っちゃいけない気がする。だから、見ていないことにして、決めていた通り、駅前で集合しよう。

リハビリ頑張ってたね、なんて言って良いのはもっと喋る努力をしてからだ。ピエロの仮面を自分の手で外したときだ。

病院を後にする。相変わらず雲ひとつない秋晴れ。太陽の光が僕を照らし、大きな影を地面に作る。その影に向かって「ハロー」と口にした。

集合したとき、明石さんにすぐに挨拶できるように、何度も繰り返しハローと言う。言葉がつっかえても口にする。明石さんが失敗しても再トライするように。

気がつくとまたたい焼き屋の前まで来ていた。看板にはあんことカスタードと書いてある。

店の前で立ち止まる。深呼吸をする。口で吸ったのにあんこの甘い香りが鼻の奥に広がった。

「あの」

声をかける。二十歳前後くらいに見える女性店員が元気良く「いらっしゃい」と声を上げた。

「ふ、二つ下さい」

「あんことカスタードがありますけど、どうしますか?」

「か、か、か、かか、か、か」

店員が不思議そうに首を傾げた。いつもなら、その表情で諦めて、あんこと言っていたと思う。でも、今日はやめなかった。

「か、かか、か、かかか、か、か、か、カスタードを、ふ、二つ」

力が抜ける。鼻から空気が入ってきた。今度はダイレクトに甘い香りが体内に取り込まれる。食べていないのに口の奥で甘みを感じる。

「はい、カスタード二つですね!」

女性店員が元気良く注文を繰り返す。奥から「カスタード二つ了解」と男性の声が響いた。
二、三分後、カスタードのたい焼きが出てきてお会計を済ませてその場を去った。
カスタードって言えたことに、達成感で満たされていた。

駅前でカスタードのたい焼きが入った紙袋を持って、二十分程経った。遠目に橙色の車椅子に乗ったショートカット姿の女の子が見える。

僕の方から近寄ると、明石さんも僕に気付いたようで、少し右手を挙げた。

足首まであるカーキ色のロングスカートに白いセーター。大きなスポーツバッグを膝の上に置いている。さっきのジャージはあの中に入っているんだろう。

「は、ハロー」

「ハロー」

近寄ってまず挨拶をすると、明石さんは嬉しそうに返してくれた。

「も、持つよ」

そう言ってスポーツバッグに手を伸ばす。

「ありがと」

明石さんはひと言お礼を口にした後、僕の手に持った紙袋を見て首を傾げた。

「それなに？」

「たい焼き」

「おごり?!　ありがとう！」

手に持ったたい焼きの袋を前に差し出す。おごるだなんてひと言も言ってないけど、お礼を言われた。まあ最初からおごるつもりだったから良いんだけど。

明石さんは中からたい焼きを一つ取り出して、その場でかじりついた。

「カスタードだ！　美味しい！」

たい焼きから僕に視線を変えて本当に美味しそうに笑みを浮かべた。また紙袋の中からたい焼きを取り出して、そっちにもかじりついた。

「こっちもカスタードじゃん。あんこにして欲しかったなー。まあおごりだから良いけど」

明石さんは少し文句を言いながら、紙袋を膝の上に置いた。両手に持ったたい焼きを食べていく。呆気に取られてしばらくなにも言えなかった。

「なに？　なんかついてる？」

明石さんが口の横にカスタードをつけたまま、怪訝そうに首を傾げる。

「えっと、そ、それ、一つ、ぼ、ぼ、僕の」

我に返ってたい焼きを指さす。明石さんが両手に持ったたい焼きを交互に見て、

「へへっ」

誤魔化すように笑うと、大食いタレントも顔負けなくらい一気に二つとも食べてしまった。

「も、もう良い」

僕は少し肩を落として諦める。

「カフェは割り勘ね」

柔和な笑みを浮かべながら明石さんが言う。僕は自分でもわかるくらい呆れた目をして見つめる。すると明石さんは両手を顔の前で合わせた。

「うそだよ。カフェは出すから許して。ね？」

「怒ってないし良いよ」

「ほんと？　心広いねー。それよりも加瀬君、カスタード注文できたんだ」

胸が高鳴った。

正直、カスタードと気付いたときに言ってこなかったので気付かないかなって思ってた。でも、ちゃんとわかってくれてて、それが嬉しかった。

「うん」

小さく頷く。

「頑張ったんだね。凄いじゃん」

口の横にカスタードをつけたまま、明石さんが口角を上げた。それが可笑《おか》しくて思わず噴き出してしまった。明石さんは怪訝な表情で首を傾げた。

僕は自分の口の横を指さした。それに明石さんは不思議そうに自分の口の端を触る。カスタードが指についたのを見て、慌てて手で拭いた。

「もう」

少しムッとした表情でそう言うと、「行くよ」と先に進み出した。

「す、すみません」

そう言いながら、すぐに追いついて「押すね」と確認する。明石さんが頷いたのを見てゆっくりと押して歩く。

「あのさ」

「ん？」

「すみませんって堅苦しくない？」

「そ、そうかな？」

言いながら、心の中では確かに堅苦しいと思った。

「そうだよ。ごめん……は難しいか。んー、じゃあ今度から謝るときは『すまん』ね」

「な、なんだか上から目線だ」

素直な感想を口にすると明石さんは笑った。

「まあ物理的にも上から目線だし。良いんじゃない？」

普通なら笑って良いか戸惑うような冗談を口にする。でも明石さんはこういうことを言う人間だから一緒に笑う。自分のことをカカシって言うくらいだし。

そんな風に僕達は冗談を言い合いながら明石さんの誘導でカフェに到着する。まだ中学生の僕には入り辛い大人な雰囲気の外観。

入り口は地面とフラットになっていた。中に入ると、紅茶の香りがした。照明はべっ甲飴に透かしているような、茶色の光で薄暗かった。すぐに店員さんが近寄ってくる。

明石さんの姿を見て段差を上らなくて良くて、周りのテーブルとの間に十分なスペースが設けられているテーブルに案内してくれた。

席につくと二つある椅子を一つ外し、そこに明石さんが入ると、店員さんに「ありがとうございます」と軽く頭を下げた。もう一つの椅子に僕が座ると注文はどうするか尋ねてきた。明石さんが紅茶がおすすめと言うから紅茶と、お腹が減っていたのでサンドイッチを頼んだ。続いて明石さんも同じものを注文する。

「ここ、私みたいな人が動きやすいようにこういう席がいくつかあるんだ。だからお気に入り」

明石さんがここを話し合いの場に選んだ理由がわかった。車椅子の人が入りやすい作り。この大人びた雰囲気は同級生とかはなかなか入って来にくいだろう。

すぐに紅茶が目の前に置かれる。良い香りが鼻をくすぐる。それを一口飲んでから、僕は自分の鞄から自由行動の行き先を書くプリントを取り出した。

「自由行動だけど、グラバー園って書いとくよ？」

明石さんはそう言いながら、僕の了承も待たずにグラバー園と書いた。

「後は適当に近くの観光するような場所書いて……はい、終わりー」

「は、は、話し合いは？」

そもそも僕達は自由行動の行き先を話し合いで決めようってことで集合したのに、これだったらわざわざ集合しなくても良い。

「別に提出するのは適当で良いよ。だって、ここ行く気ないし」

「えっ？」

「ねえ、ちょっと悪いことしてみない？」

明石さんが含み笑いを浮かべる。言葉通り、良いことは考えてなさそうだ。

「で、でも、て、提出したらぜ、絶対に行かないと」

「もー、真面目だな。そんなのつまんなーい。どうせどこ行っても学校の奴らいるし。そんな修学旅行とか苦痛なだけじゃん。ちょっとくらい楽しみ作りたいのに」

明石さんが右手でやたらと上手にペン回しをしながら文句を口にした。

僕も口では「でも」と尚も渋りながら、内心、明石さんの言うことは理解していた。クラスで浮いてる。友達なんていない。どうせ僕がいるだけでみんな嫌な顔をする。だから最初は休むことを考えてた。でも、明石さんと自由行動をするなら参加しようと決めた。それなのに行く先々に同じ学校の人間がいるのは苦痛だ。

それが理解できるから、学校に提出したところとは別のところに行くということに賛同した。

「ありがとう！　場所は任せといて！　絶対に楽しくて学校の奴らがいないとこにするから！」

明石さんは目をキラキラと輝かせた。それだけで、たぶんどこに行くつもりなのかもう決めてるんだなってわかった。でもそれは尋ねないことにする。サプライズで連れて行ってもらうのも修学旅行の楽しみの一つになりそうだと思ったから。

「話し合い終わったねー」

「うん」

僅か数分で話し合いが終わる。さっきも思ったけど、わざわざ休みの日に集まる理由あったのかな。

「まあでも、ここ良い場所でしょ。加瀬君に教えたかったんだ」

すると僕が考えてることを見透かしたように、今日集まった理由を教えてくれた。僕は小さく「そっか」と呟く。嬉しいのにそれを悟られたくなくてわざと素っ気ない態度を取った。

「そういえばさ、私達って結局、どんな仲なの？」

突然、明石さんが紅茶をスプーンでかき混ぜながら問いかけてきた。

「えっと」

三者面談の後、お母さんに友達ができたと言ったことが脳裏を過ぎる。だから、友達って言おうとしたけど、それを察したのか言葉を被せるようにして明石さんがこう言った。

「友達ってわけではないいんだよね」

言葉をグッと飲み込んだ。少し強調するような口調だから、友達だって言って欲しくないんだとわかったから。

明石さんは「なんだろうなー」と呟きながら紅茶をかき混ぜる。少しして、それがぴたりと止まったと同時、目を細めて僕を見つめてきた。なにか思いついた顔だ。

「これから私達の仲のことを『ハロハロ』と命名します」

「ハ、ハロハロ?」

それがなんのことを言ってるのかわからず、首を傾げて問い返す。

「そう！　挨拶のときハローって言うじゃん。それからとってハロハロ！」

「そ、そ、それだったら、ハ、ハローハローって伸ばすんじゃないの？」

「んー、なんかそれだと長いし可愛くない！　ハロハロだったら長さも丁度良いし可愛いじゃん？　可愛いね！　うん、可愛い！」

明石さんは両手で自分の口を押さえて、可愛いと連呼した。

「そ、そうかな？」

「私の感性にドンピシャ。これから私達の仲を誰かに聞かれたらハロハロって言うように」

明石さんはそう言うとケタケタと笑った。本当に気に入ってるらしい。

「あっそ」

僕は素っ気ない返事をしながら、顔が綻びそうになるのを必死に堪えた。実は僕もハロハロは悪くないと思っていたからだ。僕達だけの特別な仲。そんな気がして嬉しかった。頑張って堪えても嬉しさでニヤついてしまいそうだったので、紅茶を一口飲んだ。テーブルの上に置いた透き通った茶色の紅茶を見て、ふとこのカフェの照明の色はべっ甲飴というより紅茶の色と表現した方がしっくりくると思った。

紅茶を飲んでホッとする。店内に漂っている紅茶の香りも気持ちを安らげてくれる。それに、ここには同級生は入ってこないだろうし安心できて居心地が良い。

照明の色と店内の香りで、本当に紅茶の中に入り込んだみたいだ。

明石さんがお気に入りだというこの場所が、僕のお気に入りの場所にもなりそうだと紅茶のような色の照明を眺めながら思った。

＊

「きゃー！　えろーい！」

ダブルベッドのすぐ前。磨《す》りガラスの風呂場の壁を見て、明石さんは黄色い声を上げた。

部屋は想像していたよりも広かった。ベッドとソファーにテーブル。テーブルの前に大きなテレビが設置されている。

明石さんは部屋に入るなり、何度も黄色い声を上げて、部屋の隅々を見ていく。

「見て！　ジュースも売ってる！　高いけど。あっ！　マムシドリンクもあるし」

クローゼットの中に冷蔵庫が設置されていた。明石さんは遠慮なくそれを開いてケタケタと笑った。明石さんと話すようになってから、こんなにはしゃぐ姿を見たことなんてなかった。

どうしてこうなった。

部屋の隅で明石さんのはしゃぐ姿を眺めながら、必死に僕達がラブホテルに入ることになった経緯を思い出す。どこかに間違いが無かったか、修学旅行が始まった昨日から全て。


十一月に入り、みんなが待ち望んでいた二泊三日の修学旅行が始まった。

行き先は長崎。天候、初日、晴れ。二日目の今日も晴れ。明日は天気予報を見ていないからわからない。でもこの突き抜けるような秋晴れからして、雨になることはなさそうだ。

初日は原爆資料館に行ったり、被爆体験者の方の話を聞いたりした。それはあまりにも凄惨なものだった。話を聞いているだけで、胸が圧迫されたように苦しくなる。僕の語彙では、その苦しみや辛さ、怒りに悲しみといった感情を言い表すことなんてできない。僕と同じように感じたのか、涙を流しているクラスメイトもいた。僕はそんなクラスメイトの姿を見て、心が冷めていくのを感じた。そんな風に昔の人の体験談を聞いて泣けるのなら、どうして明石さんにあれだけ辛辣な態度を取れるのだろうと、馬鹿らしく思った。

そうして初日は終わった。泊まっているホテルからは長崎の夜景が一望できた。みんなベランダに出てその夜景を写真に撮ったりしていた。

僕は四人部屋で、クラスでも大人しいグループと同じ部屋だった。男子で最後まで残ってしまった僕が入れる部屋はここしかなかった。誰も僕には話しかけてこなかったけど、特になにかされるわけでもなく、透明人間のように扱ってくれた分、なにかされるよりはまだマシだった。

同じ部屋の三人が、隠し持ってきたゲームを始める。僕は一人でベランダに出て夜景を眺める。

満天の星が地面に映ったみたいと、夜景を比喩する人はいるが、僕の目には星空よりも煌びやかで綺麗に見えた。

夜に吹く秋風は冷たい。風呂上がりの火照《ほて》った肌を冷やすのには丁度良い。明石さんもこの景色を見られているだろうか。ベランダは狭い。車椅子だと、ギリギリのような気がした。

しばらく夜風に当たっていると随分と体も冷えてきた。風邪をひくと明日の自由行動が台無しになる。部屋に戻り布団に入って誰よりも早く眠りについた。

そして二日目の今日。午前中は全員で出島に行きグループ行動、午後からは自由行動となった。

生徒達にとってはこの午後零時から午後五時半までの自由行動が修学旅行のメインイベントだと言って良い。その証拠にみんなの目がより一層輝いたのがわかった。

先生からの注意事項を聞いた後、みんな仲の良いメンバーと一緒になり散っていく。

自由行動のある今日は制服ではなくても良いということで、ほとんどの生徒が私服を着ている。僕の横を通っていった女子のグループが互いの私服を褒め合っていた。僕は最後まで残る。残ったのは、僕と明石さんの二人だけだ。明石さんが僕達だけになってから近寄ってきた。

「ハロー」

紺色の足首まである長いスカートにオーバーサイズのグレーパーカー。斜め掛けの小さな鞄を太ももの上に置いている。この間も見たはずなのに、修学旅行という非日常のせいか、いつもの制服ではない私服姿に僕は不覚にもどきりとした。

「加瀬君？」

返事をしないことを不思議に思ったのか、明石さんが少し首を傾げて僕の名前を呼んだ。

「あ、ハ、ハロー」

我に返る。少し見惚れていて恥ずかしくなった。

「返事はちゃんとしなよ。それとも自由行動の間、ずっとここにいるつもり？」

内心恥ずかしい思いをしているなんて明石さんは知らない。右手の人差し指を軽く曲げ唇に当ててクスクスと笑い、そんな冗談を口にした。

「そ、そ、それも良いかもね」

僕がその冗談に敢えて乗る。

「他の奴らがいないハロハロの時間だけが楽しみだったのに、そんなのつまんない」

明石さんは不満気にそう言って口を尖らせた。

楽しみにしていた理由が、他の生徒がいなくなるからだってことに思わず噴き出して笑ってしまった。その気持ちはとてもよくわかる。自由行動の時間を一緒に行動しようと決まったときから、このハロハロの時間を想像するだけで胸がソワソワして落ち着かなくなるくらい、僕も楽しみにしていたのだから。

僕の笑い声に明石さんは少し満足そうな表情を浮かべた。

「押すよ」

「うん、お願い」

笑いが落ち着いてから、ひと言声をかける。明石さんもそれを素直に受け入れてくれる。

車椅子を押して歩き始めた。

「行き先は任せといて」

僕のお腹の辺りから明石さんがそう言った。

僕達は学校に行き先を書いたプリントを提出した。でも、そことは違うところに行こうって秘密裏に決めていた。観光するようなところはどこに行っても同じ学校の生徒がいるからという理由だ。場所は全部、明石さんが決めるということだったので任せることにした。

街を歩き始めて少しすると路面電車が駅に止まっているところに出くわした。

「路面電車ってなんだか可愛いね」

明石さんが、手に持ったスマホで路面電車の車体を写真に撮った。僕達が暮らす町にはそんなのは無いから、新鮮だった。

「そういえば加瀬君って、スマホとか持ってないの？」

何枚か撮った写真を確認しながら、明石さんがそんなことを尋ねてきた。

「も、持ってない。今まで、ひ、ひ、必要なかったから」

素直にスマホを持っていない理由を告げる。すると、明石さんは、自分から持っていないのか聞いておきながら、素っ気なく「ふーん、そっか」と相槌を打った後、撮った写真が気に入らなかったのかもう何枚か撮っていた。

その後も僕達は歩きながら会話をした。長崎は坂が多いってこと。車椅子だと大変だってこと。昨日、被爆者の話で涙を流すクラスメイトを見て気持ちが冷めたってこと。

そんな話をしながら車椅子を押して歩いていると、僕にとっては路面電車よりも気になることがあった。

それは、車椅子に乗った明石さんに向けられる無遠慮な視線。超能力者でもないのに、人の気持ちが手に取るようにわかった。みんな明石さんを見てこう思ってる。

『若いのに可哀想』

前に明石さんの車椅子を押して川沿いの土手にまで行ったときも、駅前のカフェまで行ったときにも気にならなかったのはどうしてだろうと考える。

答えはすぐに出た。土手のときは直前に嫌なことがあって、頭がいっぱいだった。駅前のときは周りの目が気にならないくらい会話が盛り上がっていたからだ。

だから、今こうして向けられる無遠慮な視線を実感するのは僕にとって初めての経験で、憤りすら感じる。でも、視線を向けてくる人に対してなにも言えない。吃音だからとか、勇気が出ないとかじゃない。きっと明石さんと出会う前は、僕も同じ視線を向けていたから。

僕達が歩くと、大袈裟《おおげさ》に道を譲ってくれる人がいる。気を遣ってくれた優しさだとわかる。だけど、その度に胸が締めつけられて痛くなった。明石さんのことを特別視しているんだと実感した。だから僕は、僕だけでも、明石さんに対して普通でいようと思った。

街中をこうして歩くだけで心が痛い。息をするのも苦しくなる。まるでつっかえて声が出ないときのように。

「大丈夫。たぶん、もう少ししたら人通り少なくなるから」

僕の気持ちを読み取ったみたいに明石さんはそう言った。

「な、なんで？」

僕は驚いて尋ねる。すると、明石さんは肩を小刻みに揺らしてクスクスと笑った。

「だって会話無くなってるもん。みんなの視線が気になったんでしょ？」

顔が赤くなったのがわかった。

普通でいようと思ったのに、普通でいられなかったことが恥ずかしい。それを全て見透かされていたことも情けない。

「す、すまん」

ひと言謝る。その言葉に、明石さんは目を細めて、小さく頷いた。

「良いよ。私は慣れたけど、最初はやっぱり視線が痛いもんね」

「うん」

明石さんの言葉に素直に頷いた。そんなことないって言っても良かったけど、そんな嘘はすぐにバレるだろうし、気休めにもならないってわかったから。

「あ、そこの路地を左に入って」

スマホのアプリで明石さんが地図を見ながら指示を出す。それに従って路地に入る。これまでの大通りとは違って道幅は狭く人通りの少ない道。太陽の光も周りのビルに遮られ暗い。目を凝らすと野良猫が我が物顔でくつろいでいた。

「この道沿いにあるはずだから」

明石さんの声は少し弾んでいた。

こんなところに隠れた観光スポットがあるんだ。なんて呑気《のんき》に車椅子を押して路地に入った。

「楽しみだねー」

なんて明石さんが笑うから、僕も少し胸を弾ませた。野良猫とカラスがいる道を進んでいく。冬も近づいてるうえに昨日からずっと晴れているのに、どこかじとっとした空気を感じた。

ここら辺に住んでいたとしても、よっぽどじゃないと通らないな。

そんなことを考えていると、「あ、ここだ」と明石さんが呟いて建物に視線を向けたので立ち止まる。同じようにその建物を見て動揺した。

原色のピンクに、いくつもの電球が黄色く灯り周りを縁取っている趣味の悪い看板に、紫色の文字でホテルと書いてある。駐車場の入り口にゴム状の暖簾《のれん》みたいなものが垂れている。そこがどこなのかは中学生にもなった男子なら大抵わかる。

「さっ、入るよ！」

明石さんが振り返ってこちらを見上げた。その表情は悪戯を仕掛けたばかりの子供のようで、笑いを堪え切れない様子だった。

「えっ。は、入るって、そ、その」

「ラブホテルだね」

もしかして明石さんはここがどういうところか知らないんじゃないか。そんな気遣いから、ラブホテルと口にするのを躊躇ったのに、あっけらかんと答えられてうろたえる。

そんな僕の様子を見て明石さんは、なにかを思いついたように「あっ」と口にした後、俯いた。

なにかに気付いて恥ずかしくなったのかな。それならありがたい。ここから離れたい。

そう思って少し安堵する。

明石さんはチラチラと上目遣いでこちらの様子をうかがいながら、右手で車椅子の持ち手を握る僕の左手の袖を少し掴んだ。

「今日は、帰りたくない……」

近くに置いてあるエアコンの室外機の音で掻き消されてしまいそうな程小さな声で呟い

た。

心臓が大きく脈打った。安堵して落ち着いていたのに、更に大きく動揺してしまった。

「わはっ！　めっちゃ動揺してるー！　男子の夢叶った？　ん？」

明石さんは両腕で自分のお腹を押さえて哄笑した。

さっき安堵してしまったのが悔しくなる。だからぶっきらぼうに入りたくないと口にする。

「私に任せるって言ったじゃん」

それは言い返せない。それでも修学旅行中に突然こんなところに入りたいとは思えない。

「ち、中学生は入れないんじゃやない？」

「バレなかったら大丈夫でしょ。ぶっちゃけうちの中学でも入ったことある子いるよ」

「そ、そ、それじゃ、ホ、ホテルのフロントの人に、と、と、咎められたら」

「大丈夫。このホテル、パネルで部屋決めたらフロント通らずに上に上がるみたいだし」

「上がるって、に、二階以上だよね？　明石さん上がれないんじゃ」

「エレベーターあるよ。あ、ついでにこのホテル、バリアフリーで車椅子も大丈夫ってホームページに書いてあったから」

「……」

「さ、入るよ」

僕が言い返せなくなったのを見て、明石さんは微笑むと自分で車椅子を操作して中に入る。もう従うしかなく、重い足取りで明石さんの後ろをついていった。

結局、ラブホテルに入ることになったのは、自由行動でどこに行くかを全部明石さんに任せてしまった僕のミスだ。

立ち尽くす僕なんて意に介さず、目を輝かせながら部屋の中を自走して探索する明石さんを見て、大きな溜息をつく。もう入ってしまったものは仕方ない。明石さんを見習って少しは楽しむのも悪くない。

部屋を少し見回す。テレビが置いてある台にカラオケの機械とマイクがあるのが目に入った。

「あのさ、歌っても良い？」

カラオケ機器を指差しながら尋ねる。

「カラオケもあるんだ！　良いよ、歌ってよ」

「ありがとう」

ひと言お礼を口にして、早速カラオケのリモコンで好きな曲を入れる。カラオケなんて小学生のとき、お正月に親族みんなで行って以来だ。

曲名が画面に映し出される。明石さんが「この曲、私も好き」と嬉しそうに声を上げた。

十数秒、イントロが流れて歌詞が色付いていくのに合わせて僕は歌った。

歌うのは好きだ。どういうわけかはわからないけど、メロディーに合わせたらスムーズに言葉が出てくるから。カ行もヤ行も詰まらない。

歌いながら、こんな風に言葉がすらすらと出てきてくれたら、どんな人生を歩んでいたのかなって考える。友達はいっぱいできたかな。休日に友達とカラオケに行ったりしただろうか。冗談を言い合って馬鹿笑いしてたかな。明石さんとは、どうなってたかな。

少し寂しくなった。

曲が終わる。部屋の中に大きな振動音が響いた。

なんの音かわからず、音がする方に視線を向ける。そこには明石さんがいて、手に持っていた機械を見て僕は思わず目を逸らした。

「な、なにしてるの？」

「電マっていうのこれ？　ベッドの横にあったからマラカス代わりになるかなって思って」

「と、と、とりあえずそれ止めて置いて」

正しい使い方は肩とか凝ってるとこに当てるものってわかってる。でも、僕には〝そういう風〟な使い方がまず思い浮かぶ。それを女子が持ってる姿をちゃんと見られない。

「うん。でもさ、やっぱりダメだね」

「だ、ダメって、な、な、なにが？」

少し悲しそうな声色で溜息をついた明石さんに尋ねる。

「当ててみたんだけどね」

「当ててみたってなにしてんの?!」

思わず素っ頓狂な声を上げた。自分でもわかるくらいに目を見開いて明石さんを見た。

マッサージ機の電源は切れてるらしく、数秒の静寂が僕達を包む。明石さんの表情は口を開けてぽかんとした顔から、ニヤニヤとした嫌な笑みに変わって行った。

「『足』に当ててたんだけど？　なーにー？　加瀬君、なにを想像したのー？」

「べ、別に」

「嘘はダメだよー？　ほら言ってみ？　私がどこに当ててるって想像したか正直に言ってみ？」

「うるさいな！」

恥ずかしさから、怒鳴るように叫んだ。その様子が可笑しかったらしい。明石さんは「可愛い」と言いながら大きな口を開けてケタケタと笑う。ひとしきり笑った後に「ありがと」とお礼を口にした。

明石さんが一体なににお礼をしたのかわからず、首を傾げる。

「こんなに強い振動なのにさ、足に当てても感覚無くて辛くなったんだ。でもさ、加瀬君のやらしい想像のおかげで笑えた。元気出た。だから、ありがとって言いたくなったんだ」

「そ、それは良かった」

自分もわからないうちに明石さんのことを元気付けていたことを嬉しく思った。これで二度目。放課後の教室で幻肢痛に苦しむ明石さんの気を紛らわせて以来だ。無意識なのは不本意だ。でも、嬉しいことに変わりない。

でも、なけなしのプライドを守る為に、僕はいやらしい想像はしてないと否定しておく。

「それにしても、加瀬君って歌ってるときは吃音じゃないんだ」

思い出したように明石さんがそう口にした。

「うん。歌はつ、つっかえないから好きなんだ」

「へへへ、一つまた加瀬君のこと知っちゃった」

明石さんが指を一本立てて突き出して笑みをこぼす。僕のことを知ったと言われたことに不覚にも胸が高鳴った。

「あ、違うや。知ったのは二つ」

言いながら、明石さんはもう一本指を立てた。

「二つ？」

「うん。音痴だ」

なにを知ってくれたんだろうと少し期待したのが馬鹿だった。肩をがくりと落とす。苦笑いを浮かべながら尋ねてみる。

「ざ、残念に思った？」

「まあねー。こういうとき上手だったら物語になるじゃん？」

「も、も、物語ってどんな？」

「吃音の加瀬君が学園祭で歌って、みんなの度肝を抜くの。それで学園のヒーローになったりさ。そんな姿に私が惹かれたりさ。いや、これはないか、私がヒロインみたいだし」

明石さんは自分で言っておいてすぐに否定した。そして、小気味良く肩を上下に揺らしながら「ヒロインなんてありえねー」と一人で笑い続けた。

僕が主人公ならヒロインは間違いなく明石さんだよって心の中で思った。でも、それは口には出さない。そんな恥ずかしいこと言う勇気なんて無い。

明石さんの笑いも落ち着いたらしく、一度、深い呼吸をした後に問いかけてきた。

「ねっ。加瀬君のこと二つ知ったついでに、もう少し聞いても良い？」

「ぼ、僕のこと？　良いけど、つ、つ、つまらないと思うけど」

「私が知りたいから聞きたいの。つまらないとかはないから。でも、答え辛いこと聞くかもだからさ、言いたくなかったらちゃんと言って。そのときは聞かないから」

さっきまでずっと笑っていたのに、蛇のような目で見つめてきた。その顔で吃音のことを聞いてくるんだろうなとわかった。確かに答え辛いかもだけど、明石さんになら良い。

「いつからつっかえるようになったの？」

やっぱりそうだった。明石さんの性格から包み隠さずストレートに聞いてくるのも簡単に想像できた。それでも、少しだけ胸が痛んだ自分が嫌になった。

その痛みを悟られない為と少しでも言葉を詰まらせないように、何度も深呼吸をしてから口を開いた。

「覚えてないんだ。も、も、も、物心ついたらこうだった」

「それってさ、周りと自分が違うって気付いたときから、おかしいって思うようになったんだよね？」

「うん。そ、そうなるね」

「嫌だよね。自分のことをおかしい、普通じゃないって思うなんてさ」

胸が詰まって、言葉が出てこなくなった。たぶん、僕は誰よりも自分自身のことを変だと思っている。その思いが突き刺さって痛い。辛い。苦しい。そんな気持ちをわかってくれた。それだけで、心に刺さった棘《とげ》が何本も抜け落ちた気がする。

「普通って難しいもんね」

呟くように口にした明石さんの言葉に涙が溢れそうになる。目から零れないように必死に堪えた。

明石さんには何度も泣いているのを見られた。でも、やっぱり女の子に泣いてる姿を見られるのは恥ずかしい。代わりに本音を口から零す。

「じ、自分が普通じゃないって、わ、わかってから、ずっと、ふ、普通でいようとしたんだ」

「普通じゃないといけないって自分に無理矢理言い聞かせたでしょ？」

どこか寂しそうに明石さんは笑った。その表情と言葉に胸が高鳴る。それは、吃音だと気付いてからどんな風に考えてきたかをわかってくれてるって思ったから。

「うん。ず、ずっと辛かったんだ」

「それをずっと抱えてたんだよね。誰にも言えないもん。普通のことを当たり前にできる人に相談しても、ぴったりくる答えなんて返ってこないし」

「うん」

「普通じゃない自分を認められたら、どれだけ気が楽になるんだろうね」

明石さんが足首まである紺色のロングスカートを両手でぎゅっと握ったのがわかった。肩が震えてる。その姿を見て、僕は思い違いをしていたことを知った。

歩くって言ったのも自分は歩けるって信じてるからだって思ってた。でもそれは違う。明石さんは僕と同じだ。僕が自分自身の吃音を嫌って、認めたくないみたいに。

「明石さんは、歩けない自分を受け入れられてないんだね」

確認するように尋ねる言葉に、明石さんはすぐにはなにも答えなかった。少し開いた遮光カーテンの隙間から太陽の光が部屋の奥まで射し込んで明石さんを照らす。空調の音が部屋に轟々《ごうごう》と鳴り響いた。

「ある日、医者に言われたんだ。一生歩けませんって。私の場合は淡々と事務的に言われたように思ったな。でもさ、そんなの簡単に認められるわけないじゃん」

空調の音に掻き消されそうな程、小さな声で明石さんは本音を口にした。不安を抱えて赤くなった目を僕に向けた。

「ねえ、私のこと話して良い？　加瀬君に聞いて欲しい。車椅子が必要な身になったときのこと」

僕と同じように涙を堪えてるのかもしれない。声を震わせながら、そう尋ねてきた。僕は間髪を容れずに大きく頷いて見せた。

「ありがと」

明石さんはそう言うと、一度、唾を飲み込んでから語り始めた。

——私ね、凄く仲の良い三人グループだったんだ。

梅月さんかって？

うん。めぐ、あっ、梅月芽汲《めぐみ》って名前だから、めぐ。

めぐもね、そのグループの一人だったよ。

あともう一人は中川彩加《なかがわあやか》。わかるでしょ？　え、本当に言ってんの？　今も同じクラスのさ、ほら、私をいじめてる主犯格の女子。

うん、その子。本気で名前覚えてなかったんだ。ウケる。

それで、中川とめぐと私は、小学生の頃から仲良くて、中学でもずっと一緒にいたんだ。

でさ、やっぱり女子だし恋愛とかに興味出てくるわけ。中川がとある先輩のことを好きになったんだ。でもあの子、ああ見えて意外と男子と話すの苦手なんだ。で、私は男子とも分け隔てなく喋れるタイプなの。あ、わかる？　確かに加瀬君とも話せてるもんね。

で、中川は私に相談してきたわけ。好きになった先輩との仲を取り持って欲しいって。

もちろんそのときは仲良かったし、任せといてってってはりきったよ。絶対に中川と先輩を付き合わせてやるーなんて気合も入ってたな。

だから二人が自然と話せるようになるまで私も間に入って三人で話したり、めぐも入れて向こうも友達連れてきて三対三で遊びに行ったりもしたんだ。

中川もその先輩と話せるようになってきてさ、上手く行ってるって思ってた。

ここから「作り話か！」って言いたくなるような展開になるんだけど、雨が強くて雷も鳴ってるような日に中川に呼び出されたんだ。

ついに告白するのかなって、その後押しをして欲しいのかなって、ちょっとわくわくしながらついていったら、言われたんだ。

お前、とっただろって。

なんのこと言ってんのか全くわかんなかった。中川の物で借りて返してないものでもあったかなって本気で思った。でも、ほんとドロドロのドラマみたいな話だけど、中川に泥棒猫って言われてやっと気付いた。中川が好きだった先輩が私のことを好きになっちゃってたんだ。

ちょっとー。割と今シリアスなところなんだけど、泥棒猫で笑わないでよ。確かに思い出したら私も笑うけどさ、そのときは本当にショックだったんだから。

それで話戻すけど、もちろん私にはそんな気なかった。だから、とってないって全力で否定した。でも、中川は全然信じてくれなかった。女子の友情は男で壊れるって本当だったんだなーって思ったな。

それでも、私は本当のことを言ってるわけだし断固否定したよ。むしろ勝手に好きになられて困惑してたくらい。

それで、雷が鳴り響くなか、それにも負けないくらい激しい言い争いになってね。とうとう中川が掴みかかってきて、もみくちゃになったんだ。

でも中川ってそんな背高くないじゃん。私、今こんなだからわからないだろうけど、中一の時点で百六十二センチあって低いわけじゃなかったし、冷静だったら押されることなんてなかったと思う。でもさ、本気でキレてる人間の勢いが怖くてびびった。びびると全力ってでないじゃん。だから、ちょっとずつ押された。でも、めぐが助けに来てくれたんだ。

なにがあったかわからないけど暴力はダメだよって、話し合いでなんとかしようって。私も入るから、三人でちゃんと話をしようって。

正論だと思う。できれば私もそうしたかったよ。でも、そんなのキレてる人間が聞き入れてくれるわけもなくてさ、中川はめぐの言葉を無視して私の髪の毛を引っ張ったり、引っ掻いたりしてきた。

たぶん、めぐもこのままじゃ埒《らち》が明かないって思ったんだろうね。中川よりも小さい、百五十センチも無い体を精一杯、私と中川の間に入れて、引き離そうとしたんだ。

でも、その場所が悪かった。

喧嘩《けんか》を止めなきゃってことに必死で周りが見えてなかったんだと思う。そこ、階段の縁ギリギリのとこで、めぐが間に入ったことで私の体押されたんだ。それで、足を踏み外して階段から落ちた。

それをめぐも気付いたんだろうね。咄嗟に手を伸ばして左腕を掴んでくれた。まだ、そのときの感覚、しっかりと残ってる。

でも、華奢《きゃしゃ》なめぐじゃ私の体をしっかりと支えられなかった。

私とめぐは一緒に階段の上から下まで落ちた。

ぐるぐると世界が回って、死ぬかもって本気で思った。忘れないな。景色がスローモーションになった。回りながら落ちてるのに、階段の上にいた中川とか野次馬の顔がみんなはっきりと見えた。時間にしたら数秒だろうけど、私にとってはもっと長い時間かけて、階段の下まで落ちた。そのとき、私、うつ伏せになってたんだ。

その上に、めぐが落ちてきた。

そこで視界が暗転。気がついたらベッドの上。

うん、そう。病院のベッドの上だったよ。

最初は生きてたことに安堵した。良かったたって思った。めぐは大丈夫かなって心配もした。病院だって気付いたから、ナースコールしようとしたときに気付いた。

両手は動くけど、足に感覚が無いって。

最初はちょっとびっくりしたよ。でも、そんなに悲観もしてなかったんだ。病院に来てるってことは怪我したんだろうし、時間が経てば元に戻るって思ってた。

ナースコールしたら看護師が来るの。その後、担当医の先生が来たんだ。それで言われたんだ。手術は成功しましたよって。

そこで初めて手術したことを知った。凄くホッとした。成功したんなら、足の感覚も戻るだろうって確信もした。でも、何日経っても足の感覚は戻らないんだ。

たぶん、手術してから二週間くらい経った頃かな。家族が病室に来て、担当医の先生も来て、みんなの前で言われたんだ。

あなたは一生、歩けません。ってさ。

要するに脊損《せきそん》、あ、脊髄損傷《せきずいそんしょう》のことね。それになったんだ。私の場合は胸椎《きょうつい》が骨折して圧迫された結果、そこから下に脳からの伝達が届かなくなって、動かないし感覚も全く無くなっちゃったんだ。

思い出したら、そのときの担当医の先生は思いつめた顔してたなーとか思うんだけど、当時は淡々と事務的に伝えられたって感覚だったな。

そんな風に歩けないって言われたときの私の気持ち、どんなのかわかる?

ぶー、外れ。全然、悲観的にもならなかったし、絶望感も無かったよ。むしろ、なんの実感も無かったな。ドラマとか漫画とか、そういう世界の話みたいだーって呑気に考えてた。

親は泣いてたけどね。大袈裟だなーって内心ちょっと笑ってた。医者って大袈裟に言うって聞いたこともあったし、そんなこと言いながらリハビリしたら普通に歩けるでしょって楽観的だった。スマホで調べたら、完全麻痺《かんぜんまひ》と不全麻痺《ふぜんまひ》っていう二種類あって、不全麻痺なら歩ける人もいるって書いてあったの。担当医は、一生歩けないって言ってたけど、まあ大袈裟に言ってるだけだろうし、私はきっと不全麻痺だろうって本気で思ってた。

でも、現実はそうじゃない。感覚は全然戻らないし、少しずつ焦り出した。

そんなある日、リハビリが始まったんだ。

歩く為の練習をするんだって思った。だから、頑張ろうって、きっと努力すればまた歩けるようになるって、そうしたら今までと同じように普通に生活できるって思った。学校だって歩いて行けるし、めぐ達と買い物だって行けるって。

でもね、その幻想はすぐに打ち砕かれた。

リハビリは歩く為のものじゃなかったんだ。全部、車椅子で生活する為の訓練だった。そのリハビリメニューを知らされたときに、私は本当に一生歩けないんだって実感した。リハビリから入院してる部屋に戻った後、うわーって泣き喚《わめ》いたよ。

そこから崩れるまでは早かった。

元々お風呂が好きだったのに、何日かに一回看護師さんに手伝ってもらってシャワー浴びるときが凄く辛いの。服を脱がないといけないから、そのときに自分の足が嫌でも目に入るんだ。動かせないし、筋肉も脂肪も全部削げ落ちた木の枝みたいな足を直視できなかった。

シャワーをかけてもらっても、腰から下はシャワーの水圧も温度も全く感じなかったんだ。

最初はそれでも強がったりして、親とかお見舞いに来てくれためぐとかにも、元気に振る舞ってた。ほら、私って今でも強がりなとこあるじゃん？　でしょ？　それって昔からだから。弱み見せたくなかったんだ。

でもね、お見舞いに来てくれた人が帰った後が辛いんだ。本当は心はもうボロボロなのに明るく振る舞って、その反動が返ってきて毎日夜に一人で泣いてた。

そんな日々を過ごしてるうちに、強がることすらできなくなった。床ずれ、褥瘡《じょくそう》って言うんだけどね、それができたりして辛くて、完全に私の纏《まと》ってた鎧《よろい》は崩れた。

ある日、入院してから二ヶ月半くらい経った頃、めぐがいつものようにお見舞いに来てくれた。そのときは、私が階段から落ちた日と同じで、雨と雷が凄くて、そのせいでより鮮明に思い出しちゃったんだろうね。

歩いてやってきためぐに私は苛立ちを全部ぶつけた。

あんたが仲裁に入らなかったらこうならなかった。私が落ちそうになったとき、助けようとしなかったら、あんたが私の上に落ちてくることもなくて、私はこんな風にならなかった。あんたの偽善の自己満足を満たすのに付き合わされたせいで、私はこんな風になった。あんたが歩けなくなれば良かったんだ。私の足を返して。もう二度と来ないで。あんたが来ても来なくてもなにも変わらない。それなら、憎い顔を見せないで。自分のことは自分でするって。

めぐは泣いたよ。それで謝った。土下座までしてた。そんなめぐにめがけて、私は自分のスマホを投げつけた。それが頭に当たって、めぐは血を流した。それでもめぐは頭を上げなくてずっと泣いて謝ってた。

私はずっとめぐだけを見てたんだけど、入り口の方から声がして、そっちを向いたら中川が私を睨んでたんだ。

中川は喧嘩してたってこともあって気まずかったんだろうね。この日初めてお見舞いに来てくれたんだけど、それでこれでしょ。そりゃ怒るよね。

中川は私にこう言った。

恨むのはあたしでしょって。お前の苛立ちをめぐにぶつけるのはお門違いだって。

正論だよね。だって、喧嘩をふっかけてきたのは中川で、それが無かったら階段から落ちることもなかった。こんな風にならなかったんだから。

それでも私は間違ってるってわかってるのに言い返したんだ。

どっちも恨んでる。友達でもなんでもない。出てけ悪魔って。

それでも頭を上げないめぐを中川が引っ張って出て行った。

せいせいしたって思ったよ。それからは二人のことを忘れてリハビリもやった。まあ、リハビリっていっても、車椅子生活に慣れる為のものって感じ。そんなの前向きになれないからやる気も無くて、適当にルーティンをこなす感じだったけどね。自暴自棄になってた。

出てけって言ってからしばらく経って、一度だけめぐが病室に来たけど、私それを拒否したんだ。もう顔も見たくないって。というか、あなた誰ですか？って嫌みも言った。そんな自暴自棄に心が荒れてる毎日を過ごしてたら突然、担当医が私に聞いてきたんだ。歩行のリハビリもしてみようかって。

その言葉を聞いて閉ざしてた心に少し光が射した気がした。歩行のリハビリをするんなら、歩けるようになるんじゃないかって。

だから、それに頷いて歩行練習もするようになった。地獄みたいに辛いけど、それでも歩けるならって耐えられた。

歩行のリハビリをしていくうちに気持ちが前向きになっていったんだ。看護師さんや理学療法士の先生にも笑顔が増えたって言われるようになるくらいね。仲良くもなって色んな話もするようになった。そこで教えてもらったんだ。

私が歩行のリハビリをするようになったのは、めぐがきっかけだって。

めぐは私の病室には顔を出さなかったけど、毎日病院に来てたんだ。それで担当医とか看護師さん、担当の理学療法士さんみんなに必死に頭を下げてお願いしてくれたんだ。

歩く練習をさせてあげて下さいって。

それを見たうちの親も一緒になって何度も頼んでくれたんだって。

そこでやっと私はめぐに言ったことを後悔した。なんて酷いことを言ったんだろうってボロボロ泣いた。もしかしたらリハビリメニューを知らされて歩けない現実を突きつけられたときより泣いたかも。それで、もう一度友達としてやり直したいって本気で思った。

親に、なんでめぐのこと教えてくれなかったのって聞いたら、めぐに口止めされてたんだって。もう私となんて会いたくないだろうし、こんなことをしてるって知ったら、きっと恩着せがましいってもっと怒らせちゃうって。

そんなことないのにね。でも、そう思わせちゃったのは全部私のせいなんだ。だから、退院したら真っ先にめぐのとこに行って謝ろうって決めた。

でもね、退院したらもうめぐはいなかった。遠くに引っ越してた。

学校に登校できるようになって、中川に言われたよ。

あんたのせいでめぐが引っ越したって。

あの子、私が怒りをぶつけてから学校にも来られなくなってたらしいんだ。私と一緒に落ちた階段を見たら、吐くくらいのトラウマになって、仕方なく引っ越すことになったんだ。

中川とまともに会話したのはそれが最後。それから私と中川の関係は知っての通り。

自分で言うのもちょっと高慢で嫌だけど、私達ってスクールカーストっていうの？　それの上位だったと思うからさ、中川に付く奴多くてみんな私を無視するようになった。誰も手伝わないのも中川が言ってるんだと思う。私がめぐに言ったように、自分のことは自分でするって。だから、誰も手伝わないんだ。

それを私は受け入れなくちゃいけない。私があの子に本当に言わなくちゃいけないのは、罵倒じゃなくて助けようとしてくれてありがとうだったんだ。

笑うよね。歩けないうえに自分から人を遠ざけるなんて、動くこともできず、鳥も近寄らせないカカシみたいだよね。

私は罰を受けなくちゃいけない。めぐの心にトラウマって影を作ったのは私だから。学校で私にふりかかってる嫌がらせも私に対する罰だから。

全部、受け止める——。

最後に明石さんは「でも腹は立つ。元凶は中川で、他の奴らは関係ないし」と少し笑って話を締めくくった。

その話を聞いて、かける言葉が見つからなかった。ただ、室内の空調の音が轟々と鳴り響くのを静かに聞いているしかなかった。こんなときになにも言えない自分が情けなかった。

「ありがと、聞いてくれただけでスッキリした」

そんな心情を見透かしたように明石さんはそう言うと、蛇のような目を細めて、重くなった空気を掻き消すように手を軽く打ち、突然話題を変えた。

「そういえば加瀬君はどこの高校に行くつもりなの？」

「さ、最近やった三者面談で、じ、じ、地元の南高校と私立の須奈学園を受けることになった」

本当は梅月さんとはどうなったのか知りたかった。梅月さんは僕が一年のときにクラスで唯一話しかけてくれた人で、最後に僕に謝罪をしてくれた人だから気になった。でも、明石さんは、過去の話を突っ込まれたくないのだろう。それを察し、僕もそれ以上尋ねるようなことはせず、質問に素直に答えた。

「そうなんだ。でも勉強大丈夫？　中間テストの成績めっちゃ悪かったでしょ」

明石さんが眉間に皺を寄せて本気で心配する口調で目を見つめてきた。

中間テストの後、僕達はテストの結果を見せ合ったから、明石さんは僕の全教科の点数を知っている。だから言い逃れができない。苦笑いを浮かべる。

「痛いこと言うなあ」

「事実じゃん」

「そ、そ、それじゃ明石さんが勉強教えてくれたら助かるな」

軽い冗談のつもりでお願いする。明石さんの中間テストの結果は学年トップだと知っているから。話を聞けば、これまでもずっとトップだったらしい。

もちろん明石さんにも受験はあるだろうし、断られると思っていた。

「良いよ」

「だ、だよね。ひ、一人で……良いの？」

だから断られるの前提でなんて言おうか準備していた言葉を途中まで口にしてしまった。

「なにそのノリ。そんなベタなノリする人、本当にいるんだ」

その反応が面白かったらしい。明石さんは軽く曲げた右手の人差し指を唇に当ててクスクスと笑った。そして、「良いよ。復習にもなるし」と僕の講師役を受諾してくれた。

なんとなく恥ずかしくなった。照れ隠しで頭を掻きながら「ありがとう」と軽く頭を下げ、明石さんにも同じようにどこの高校に行くのか尋ねる。

「私はね。東京の私立に行くつもり」

「えっ」

予想もしていなかった返答に思わず声が漏れた。

「東京に脊損の人専門のリハビリ施設があるんだ。そこに通いながら高校に行く。志望してる高校に夏休みに見学に行ったらバリアフリーがしっかりしてたし」

「で、でも、ひ、一人で？　親の仕事は？」

「あはは、なに動揺してんの？　寂しいとか？」

明石さんが悪戯っぽい笑みを浮かべた。僕は寂しくないと否定する。でも、本音は寂しいと思った。心のどこかで、中学を卒業してもまた会えると思っていた。例えば、あの土手とかで。でも、東京に行ってしまうと簡単には会えない。僕達が暮らす町からだと新幹線に乗っても三時間くらいはかかるから。

明石さんは「寂しくないのかー。残念」とわざとらしく肩を落とした。その後、僕の質問に答えた。

「親はこっちで仕事してるから来ないよ。東京にいとこのお姉ちゃんが住んでるんだ。介護の仕事してて、車椅子にはそれなりに慣れてるし、うちにおいでって言ってくれてる」

「そ、それだったら安心かもね」

「でしょ？　でも、それも全部卒業式で歩けたらだけどね。歩けなかったら自殺するし」

明石さんはそう付け加えると、顔を天井に向けた。

「そ、そっか」

少し無愛想に相槌を打った。無愛想になったのは、なぜか急に、明石さんが自殺を考えてるということに寂しさを感じて、それを掻き消す為だった。

明石さんが両手で自分のスカートを少し強く握ったのがわかった。誰に言うわけでもなく自分に言い聞かせるように「絶対歩く」と呟いたのが、空調の音に交じって聞こえた。心の中で強く、歩けるよと言った。絶対に歩ける。明石さんは歩ける。何度も繰り返した。

「トイレの時間だ」

少しの沈黙の後、明石さんが時計を見てポツリと言った。釣られて時計を見る。午後一時を少し回ったところ。

「ト、ト、トイレの時間を決めてるの？」

ふと疑問に思ったことを尋ねてしまってから気付いた。女子にこんなことを聞くのは配慮が足りなかった。僕は今の無しと口を開こうとした。

「尿意とか便意も感じないからね。時間決めて出さないと気付かないうちに漏らすんだ。出す力も入らないから、小のときはカテーテルっていう管を自分で挿して出すんだ」

だけど、僕が声を出すより先に明石さんがあっけらかんとした口調で理由を教えてくれた。

その理由に言葉を失った。

女子にトイレのことを聞いてしまったことも、もちろん配慮が足りなかった。それよりも明石さんのような人に気軽に尋ねて良い質問じゃなかったと悔いた。少し考えればわかったかもしれないことなのに、想像することすらしなかった自分に辟易《へきえき》とする。

「す、す、すまん」

「良いよ。なんとなく加瀬君には知っておいて欲しかったし。気にしないでよ」

「うん」

気を遣ってくれているのか本気なのかわからない。でも、僕が気にしているのは嫌だというのは伝わった。すぐに気にならなくなるほど図太くなれない僕は歯切れの悪い返事をした。

「スマーイル」

すると、明石さんは自分の唇の端を両手の人差し指で持ち上げて、いつの間にか俯いていた僕の顔を覗くようにして笑顔を見せてきた。

「えっと」

突然のことで戸惑ってしまう。

「ほらほら、加瀬君もスマイルスマイル。そういう暗い顔されるの、結構こっちも辛いし」

明石さんは自分の頬を持ち上げたままそう言った。

「す、スマイル」

これ以上、辛い思いはさせたくない。そう思ったから、同じように人差し指で頬を持ち上げて笑ってみせた。

「えー、なんか不気味ー」

明石さんが頬を持ち上げていた手を離し、大袈裟に訝しげな表情を浮かべた。それが冗談だってわかったから、僕もおどけて見せた。

「ピ、ピエロの笑顔が不気味なのは、も、も、もともとだから」

「あはは！　確かに！　小さい頃あの顔怖かったもん。今でも不気味だけど」

ケタケタと笑う明石さんを見て少し安堵する。

「それじゃ、ちょっと待っててね。カカシはトイレの番をしてくるのだ」

明石さんが同じように自虐ネタをおどけたように言った。

太ももの上に置いていた鞄の中から細長い袋と清浄綿を取り出し、鞄を茶色のソファーの上に投げるように置いた。

細長い袋の中にさっき明石さんが言っていた、尿を排出する為の管が入っているのだろう。だから、それをあまり見ちゃいけないとわざと視線を外す。

「向けられる視線もすぐわかるけど、わざと外された視線もバレバレなんだよなー」

少し嫌みったらしい口調で視線を外したことを指摘された。でも、どこか笑いを堪えきれていない感じもあったので怒っていないことはわかった。だから、僕もなにも包み隠さずに答えた。

「意識しないでいるってのは、む、む、難しいな」

「意識するの？」

「うん」

「そんなに私がおしっこするの意識するんだー。へんたーい」

思っていたのとは違う方向に話が飛んだ。冷ややかな明石さんの口調に即座に否定する。

「はいはーい。そうやって変態さんは自分が変態だって気付かないんだよねー。思春期だったらもっと可愛げのあるエッチなことに興味もちなよ」

だけど明石さんはここぞとばかりにからかってくる。これは否定すればするほど泥沼に飲み込まれていくとわかったので、反撃に出ることにする。

「そ、そ、そんな風に思う明石さんの方が、へ、変態なんじゃないかな」

「ラブホに行こうって言ったのも私だしね。確かにそうかも」

でもその反撃に明石さんは少しも動揺せず、すぐに肯定した。

そんなやりとりのなかで、ふと明石さんがラブホテルに来ようとした理由がわかった。

自由行動の時間とトイレの時間が被っていたからだ。

コンビニや公園にもトイレはあるかもしれない。でも、そこが車椅子で入れるかは行ってみないとわからない。自由行動中は宿泊しているホテルに戻ることも難しい。あくまで修学旅行は学びの場であるから、自由行動でホテルに戻ることを許可すれば学ぶことなんてなにも無くなってしまう。だから、明石さんはバリアフリーのトイレがあるところを探したのだ。その結果、休憩だけならそこまでのお金もいらず、他人の目も気にしないで良いここを選んだのだろう。

「す、すまん。明石さんがラブホテルに来たのは、ト、ト、トイレの為だったんだね」

「ラブホに来たかっただけかもよ?」

明石さんはそう言って、小さな子供が悪戯をしたときのようにニヤニヤと頬を緩ませた。

僕は呆れて眉をひそめ、じとっとした目で明石さんを見た。

「あはは、まああそんな顔しないでよ。それじゃ行ってくるね」

結局、明石さんはトイレの為にラブホに来たとは言わず、否定も肯定もしないではぐらかされただけだった。

さすがにトイレに行く明石さんの車椅子を押していくことは気が引けて、行ってらっしゃいと見送った。

洗面所の方から入念に手を洗う音が聞こえた。その後トイレのドアが開き閉まったのが音でわかった。

あまり意識はしちゃダメだと自分に言い聞かせてテレビを見ようとリモコンで電源をつける。裸の男女が絡んでる映像が流れて、艶っぽい声が部屋に響く。慌てて適当にボタンを押してその映像から切り替えた。

なんでそんなチャンネルに設定されてるんだと呟いた。相変わらず独り言だとスムーズに出る。でも、今までのようにそれに辟易とはしなかった。明石さんに独り言だとつっかえないと教えたら喜んでくれるかなと考えていた。

ホテルのテレビでは無料で見られる映画がいくつかあった。そのどれも少し前に流行ったもので、洋画、邦画、アクション、ホラー、恋愛と色んなジャンルが揃っていた。

どれか見ようかなと考えていると、突然、

「さっきエッチなの見てたでしょ？」

洗面所の方から冷ややかな声が聞こえてきて、思わず体が強張った。顔をそちらに向けると声以上に冷たい目で僕を見つめる明石さんの姿がそこにあった。

「映画があるんだけど、見る？」

この手の話題は否定すると、明石さんはさっきみたいに勝手に話を膨らませていくと学習したので、その手には乗らないぞと話題をすぐに変える。

「え、ほんと？　どんなのあるの？」

明石さんは少し目を輝かせて食いついてきた。その反応で映画が好きなんだってことがわかった。テレビに表示されている映画のラインナップを一通り見ていく。

「恋愛映画が見たいかな」

明石さんが選んだのは邦画の恋愛映画。何年か前に泣ける映画として大ヒットしたものだった。僕はどれでも良かったので、素直にそれに従った。

「加瀬君、せっかくだしベッドに寝転がったら？　ちょっと疲れてるでしょ？」

映画が始まるまでの少しの間に明石さんがそう言ってきた。

「つ、つ、疲れてるのわかるの？」

「わかるよ。昨日から今日の自由行動の時間まで寝てるときにも気が休まることなんてなかったでしょ。私もそうだし」

明石さんの言う通りだ。同じ部屋になったクラスメイトは僕とは関わろうとはしないものの、やっぱり気が休まるものではなかった。空気みたいに接されるのもそれはそれで気疲れする。

「ぼ、僕はソファーで良いから、明石さんがべ、ベッドで寝たら良いよ」

それは明石さんもそうだろうから、ベッドは明石さんに譲ろうと思った。でも、明石さんは「それは良いや」と否定した。気を遣ってるのなら遠慮しないで良いと言うと、

「ベッドが柔らかすぎて、寝ちゃうと起き上がって車椅子に移乗するの苦労しそうだから」

ベッドで寝ない理由を教えてくれた。

また一つ勉強になった。考えてみたら確かに柔らかいと足が踏ん張れない明石さんは起き上がるのも大変そうだ。それなら車椅子に座ったままの方が楽なんだろう。

「そ、それじゃ、遠慮しないでおくよ」

明石さんが寝ないのならとベッドで寝転がることにした。あまり遠慮しすぎるのは空気が悪くなるだけだから。それに、気疲れしてて、少しでも休みたいと思ったのも正直なところだった。

ベッドに寝転がる。体が沈み込むくらいベッドが柔らかい。起き上がろうと手をついても、反発が少なく体全体を使わないと簡単には上半身を起こせなかった。確かにこれだと寝転がってしまったら移乗するのは大変だ。明石さんは寝ないで正解だ。

最初は寝転びながら映画を見ていた。はずだったのに、気がつくとテレビの画面はもう映画ではなくなっていた。どうやら寝てしまっていたらしい。その間に映画が終わってしまったようだ。まだ頭が完全に起きていなくて、声が出ずにボーッと流れているテレビの

画面を見つめる。

テレビは全国放送している情報番組で、ファッション対決をするコーナーが流れていた。モデルをしている出演者が冬でも着られるミニスカートのコーディネートを紹介している。

明石さんはその様子を食い入るように見ていた。

「可愛い」

そう独り言を呟いたのが聞こえた。僕が起きていることに気付いていないのだろう、僕の目を気にせず足首まであるロングスカートを太ももが見えるくらいまでまくり溜息をついた。

「でも、この足じゃ不細工だもんね」

胸がナイフで刺されたように痛んだ。スカートをまくった瞬間は見ちゃいけないと思った。でも、僕の視線はその足から離れなかった。

骨と皮だけという形容が大袈裟ではないくらい、痩せ細った足を見て、痛烈に明石さんは歩けないと実感したからだ。

同時に、僕は思い違いをしていたことに気付く。

明石さんのことはもっと大人だと思っていた。クラスでいじめを受けているのにも動じない。歩けない自分を悲観している様子も見せず歩くと言い切り、クラスメイトや僕なんかよりもずっと、心が成長している人だと思っていた。

でも、それは勝手な思い込みで、明石さんは年相応なんだ。

恋愛映画を見たがったり、可愛い服に憧れたりする、ひとりの年頃の女の子なんだと痛感した。

可愛いという出演者の高い声が部屋に響く。その声に視線をテレビに向ける。モデルが髪飾りを紹介していた。

洟をすする音が耳に入る。視線をまた明石さんに向ける。心臓が強く鼓動した。

初めて、明石さんの涙を見た。

その涙を見て、今はまだ起きてるとバレちゃいけない、これ以上、涙を見ちゃいけないと思った。寝返りを打つフリをして体ごと明石さんのいる方向とは逆に向いた。

「ごめんね」

涙で声を震わせながら、明石さんが小さな声で謝った。それが僕に言ってるわけではなくて他の誰かに言ってるってことはわかった。

部屋の壁がテレビの光で白くなったり赤くなったりするのを見ながら、僕の脳裏には明石さんの頬を伝う涙とごめんねという言葉がこびりついて離れなかった。

明石さんは年相応で普通の女の子だ。それなのに大人ぶっていてなにも気にしていないような素振りを見せる。友達と遊びにだって行けない。オシャレだって諦めてる。

それがどれだけ自分自身を抑え込んでいるのだろうかと考える。

前は梅月さんや今のいじめの主犯格である中川さんとも仲が良かったと言っていた。そんな風に友達がいたこともあって、今はいない状況が辛くないわけがない。

ふと三者面談の後、お母さんに言ったことを思い出した。

僕は明石さんを思い浮かべながら、友達だと言った。

明石さんが僕のことをどう思っているのかはわからない。でも、今でも心のどこかで梅月さんのことは友達だと思ってるんじゃないか。さっき教えてくれた車椅子が必要な身になった経緯を思い出しながらそう考えた。

少しでも明石さんの辛さとか我慢しているものを取り除けるのなら、そうしてあげたいと強く思う。明石さんと梅月さんが、また以前と同じような関係に戻れるよう、なにかできないだろうか。

修学旅行が終わったら梅月さんが今どこで暮らしているか調べて会いに行くと決心をした。

背を向けているテレビから出演者が大笑いする明るい声が耳に入った。

明石さんも梅月さんとああやって笑える日が来たら良い。

心からそう思った。

＊

電車から降りると随分と冷たい風が吹いた。首元が冷やりとして体が震える。まだ十一月の半ばで、凄く寒いわけではないだろうと甘く見ていた。同じ駅で降りた人はみんな防寒をしっかりしていた。

ホームから階段を上がり、改札を出て南の方角に歩き出す。駅舎の窓から駅前ロータリーの真ん中に立つ時計が見えた。そこには気温も表示されていて、午後一時くらいだというのに六度となっていた。比較的温暖な地域で晴天。それなのに、この時期にこの温度は異常とも言えるくらいの寒さだ。

ちゃんと天気予報を見てマフラーでもしてくれば良かったと後悔する。少しでも寒さがマシになるように着ていた黒いジャージのファスナーを一番上まで上げた。

駅舎の階段から下りてロータリーに出る。南に向かって真っ直ぐ、数百メートルほど道路が延びている。道路の脇には商業施設が続いていて、僕が住んでいるところよりも随分と賑やかな街だった。

昨日の晩に家のパソコンで印刷した地図をポケットから取り出す。目的地まで線を引いた地図を見ながら、道順を確認する。

確か検索したときに、徒歩二十分程と書いてあった。歩いていれば体も温まってこの寒さも和らぐだろう。

地図を折りたたんでポケットに入れて歩き始める。向かう先は梅月さんの今の家だ。

修学旅行後、最初の登校日の放課後。僕は緊張した面持ちで、職員室を訪ねた。

修学旅行中に決心したことを実行する。明石さんと梅月さんの仲を少しでも改善する為に梅月さんに会いに行き、明石さんのことをどう思っているのかを尋ねてみる為だ。それには梅月さんが今、住んでいる場所がわからないと、会うことすらできない。学校なら転校先くらいなら把握しているはずだ。

でも住んでいる場所というのは個人情報でもあるわけだから、教えてもらえない可能性も考えた。とりあえず相談するなら僕達に協力的な笹谷先生だと目星をつけて職員室に入った。

結果、思っていた以上にすんなりと教えてくれた。それも住所までしっかりと。借りたままのものを返したいという嘘を信じてくれたのか、それとも笹谷先生が気を利かせてくれたのかはわからない。この際どっちでも良い。目的の住所はわかったんだから。

脇に商業施設が建つ真っ直ぐ延びた道が終わる。幹線道路が東西に延びている。それを渡ると今度は大きな工場がある。工場の中から轟《とどろ》く、大きな機械が動く音を耳にしながら、更に南へと向かって歩き、私鉄の線路を越える。その後、細い入り組んだ道に入ると住宅街になった。

同じような白い壁と青い屋根の、塀の無い家が建ち並ぶ新興住宅街。道が碁盤の目みたいになっていて、同じところをずっと歩いているような錯覚に陥る。

地図を取り出す。今まで歩いてきた道を頭に思い浮かべながら現在位置を確認する。もう近くまで来ているはずだから、ここからは一軒ずつ表札を確認していく。傍から見れば不審者と思われても仕方ない。そうぼんやり考えたとき、梅月と書かれた表札を見つけた。

他にはあまり聞いたことのない名字で助かったと少し安堵する。だけど、その安堵も束の間、インターホンを押さないといけないということに緊張で心臓が強く鼓動し始めた。

突然、同い年の男が芽汲さんいますかと訪ねてきたら梅月さんの親はどう思うだろう。うちの親なら冷やかしてくる。

そんな想像をすると思わずしかめっ面になってしまった。

懸念しているのはそれだけじゃない。

ちゃんと言葉を発せられるだろうか。今でもかなり緊張しているのが自分でわかる。そんな状態でスムーズに言葉が出てくるとは到底思えない。絶対に何度もつっかえさせるに決まっている。最悪、不審者だと思われて無視をされる可能性だってある。

とにかく冷静になろう。少しでもスムーズに声を出せるように落ち着こう。

何度も大きく深呼吸をする。冷えた空気が体の中に入ってくる。歩いて温まった体がそれで冷やされてしまった。

「芽汲さんの友達の加瀬です。芽汲さんの友達の加瀬です」

自分の名字の加瀬がつっかえないように、一気に最後まで言い切れるよう何度も小さな声で練習をする。大丈夫、独り言なら言えるんだから。そう自分に言い聞かせる。

もう一度、深呼吸をして最後に言葉の練習をしたらインターホンを押そう。そう決めて、深呼吸をした瞬間、冷たい風が吹いた。どこかの家の庭に植えられた庭木の葉がこすれる音や車にかけられた銀色のシートが風で揺れる音がする。

「加瀬……くん？」

その音に交じって、僕の名字を呼ぶ声が耳に入った。

突然のことすぎて、僕は目を見開いて声がした方に振り返った。

相変わらず身長は低く小柄で、見覚えのない真っ赤なリボンの冬服のセーラー服に身を包んだ梅月さんが、たれ気味の目を丸くして立っていた。記憶より髪が伸びて背中まである。大人びた雰囲気になっていた。少し痩せた、というよりもやつれているように見えた。

「あ、ああ、あの、いきなり訪ねて、す、すみません」

突然のことで得意のア行ですら詰まらせながら思わず謝罪の言葉を口にした。

「ううん。びっくりしちゃった。どうしたの？　家はどうしてわかったの？」

梅月さんは本当に驚いているようだ。矢継ぎ早に質問をしてきた。それに対して、住所は学校で聞いたと答える。来た理由については、明石さんの名前をいきなり出して良いのか、梅月さんを目の前にすると躊躇ってしまう。

「せ、制服。と、と、登校？」

結果、一旦話を逸らしてしまった。

壊れかけのロボットみたいな喋り方だと内心自嘲気味に笑った。

「午前は塾だったんだ。みんな制服着てくるの。そういえば加瀬くんはどこの高校受けるの？」

どうして来たのか答えなかったことに梅月さんはなにも言わず、受験生なら当然の質問を投げかけてきた。

「み、南高校と私立はず、須奈学園」

「えっ、ほんと？　須奈学園は私も受けるんだ。看護科があるから」

冷たい風が僕達を撫でるように吹き抜けた。梅月さんの長い黒髪が風でなびいた。思わず寒いと声が漏れた。

「あ、ごめんね！　なにか用事あるんだよね？　話は中で聞くね。上がって」

「家に？　えっと、そ、そのそれは」

気軽に家の中に促してきた。同い年の女子の家に入るということに躊躇する。言葉がつっかえたわけではなくて動揺で口ごもってしまった。

「大丈夫だよ。今日は夜まで親いないから。だから入って入って」

まだどうするか迷う僕を余所に梅月さんは玄関のドアを開いて待っている。そこまでされて入らないわけにも行かず、促されるまま梅月さんの家に入った。

「私の部屋は片付いてないから、リビングで良いよね？　ちょっと待ってて。お茶淹《い》れるね」

「あ、うん」

梅月さんは鞄をリビングの隅に置くとそのままキッチンの方へと消えて行った。姿が見えなくなってから、お構いなくと言った方が良かったかなと少し反省する。

クリーム色の内壁に茶色い絨毯《じゅうたん》。冬に向かっていくこの時期には丁度良い感じの配色だ。風が無いだけで随分と暖かく感じる。壁際に大きなテレビを載せたこげ茶色のテレビ台がある。台の空いたスペースに写真が飾られていた。梅月さんの親らしき人と本人が写っている。たぶんこの家に引っ越してきたときに撮ったものだろう。家の玄関の前で撮っている。睦《むつ》まじい家族写真だけど、梅月さんが笑っていないことが気になった。

他にも写真はあるのかなと部屋の中を見回す。でも、それ以外に写真は無かった。見回したせいで梅月さんの家に入っていることを実感して急にそわそわして落ち着かなくなった。

家の中に入ることは想定していなかったこともあり、気まずい。どこに座って良いのかもわからず、壁際に立ったまま梅月さんが来るのを待った。

キッチンから聞こえるお茶を用意する音と壁にかけられた時計の針が進む音が耳に入る。

「お待たせー。あっ、エアコン入れてなかったね。ごめんね」

真っ赤なトレイにお茶とお菓子を載せて梅月さんが姿を現した。それをテーブルの上に置くとすぐに壁につけられたリモコンを押した。

「こっちに来て座って良いよ」

未だに立ったままの僕を梅月さんはそう言って見つめた。瞳の色素が薄いことを初めて知った。立ったままいても仕方ないとテーブル前まで近づいて座ると、目の前にティーカップが置かれた。紅茶の良い匂いが鼻をくすぐって、修学旅行前に明石さんと行ったカフェが頭に浮かんだ。

「砂糖はこれで、ミルク欲しかったらこれね。あ、紅茶で良かったかな？」

梅月さんが対面に座る。僕は「うん」と頷いて、砂糖とミルクを入れてかき混ぜる。

目の前の梅月さんが一口紅茶を飲んで、「あったまるなー」と呟いた。

どうやって話を切り出そうか悩む。砂糖を入れてまたかき混ぜる。変に違う話題から入ると、なかなか本題に入れなそうだと思い、いきなり明石さんの話をしようと決心した。

「明石さんのことなんだけど」

明石さんという言葉に梅月さんの体が強張ったのがわかった。

「やっぱり、京子ちゃんのことで来たんだね。そんな気してたよ」

整った眉をハの字に下げ、悲し気に瞳を横にずらした。

「加瀬くんは京子ちゃんと友達なの？」

「わ、わからない」

「わからないの？」

「うん。は、は、話はするけど、と、友達って言って良いかは、び、微妙」

梅月さんは、「そっか」と呟いて俯いた。長い前髪が顔にかかり表情が見えない。明石さんの名前を出した途端、僕にもわかるくらい緊張し始めた。リビングの大きな窓から太陽の光が射し込んで部屋は明るい。でも、この空間だけが色褪《いろあ》せた古いフィルム映画の世界に迷い込んだように感じる。

しばらく沈黙が続く。外から小さな子供がはしゃぐ声が聞こえてきた。どれも女の子の声で、明石さんと梅月さん、それに中川さんも含めた三人も昔はあんな風に遊んでたのかなと考えた。

「全部、聞いたよね？　京子ちゃんが、車椅子になった理由」

梅月さんが沈黙を破り尋ねてきたその言葉は涙で震えていた。両手を強く握り締めていた。

小さく「うん」と頷いた。

「私って最低だよね」

俯いたままそう言った梅月さんの固く握られた拳の上に一粒、二粒と涙が落ちた。

言葉が出てこなかった。そんなことない。そう声をかけるのが良いとはわかっていたけど、声が詰まってしまった。吃音であることを恨めしく思いながら、沈黙が肯定と捉えられないよう祈るしかなかった。

「本当は引っ越してからもずっと謝りに行かなくちゃいけなかったの。一生かけて償わないといけないの。私の人生全部、京子ちゃんの為に使って支えないといけないの。それなのに私は逃げちゃった。自分がしたことの後悔に負けちゃった。あの階段を見られなくなって、学校が辛くなった。お母さんから転校を勧められて、私は自分が楽な方に逃げた」

肩が大きく震える。ゆっくりと落ちていた涙は梅月さんが話すにつれて量が多くなり、止《と》め処《ど》なく流れていく。ただそれを見ていることしかできない。そんな自分がたまらなく腹立たしい。

「転校するときに私、自分に言い訳したんだ」

「言い訳？」

「京子ちゃんは私の顔なんて一生見たくないだろうから、離れた方が良いんだって。でも、それって京子ちゃんに私が転校する理由をなすりつけてるだけなんだよね」

梅月さんが涙で赤くなった顔を窓の外に向けた。釣られて外を見る。さっき声を上げていた女の子が鬼ごっこでもしているのか、一人の子がもう一人の子にタッチして走り去って行くのが見えた。

「私は京子ちゃんに重荷を全部背負わせて逃げた最低の人間。どんなに逃げても京子ちゃんの人生をめちゃくちゃにしたって事実は変わらないのに」

エアコンの音と家の前を通っていった車の音が響く。少しして、ふと思ったことを尋ねる。

「明石さんとのことがあってから、梅月さんは、わ、わ、笑わなくなった？」

テレビ台に飾られている写真も笑っていない。今日も会ってからちゃんと笑っているのを見ていない。それに、転校する直前、僕の家に謝りに来たときも笑ってなかった。一年のときのイメージは笑顔しかなかったのに。

「笑っちゃいけないんだよ。京子ちゃんをあんな目に遭わせてるのに笑う資格なんてない。私は一生、自分を責めて生きなきゃいけないから」

梅月さんはまた目を伏せた。涙は止まらなくてぽたぽたと落ち続けている。

梅月さんの気持ちを聞いて、明石さんと似た者同士だと思った。

どちらも自分が悪いって思ってる。

どちらも互いが本当に大切な人だから、自分を責めている。

どちらも相手が自分とは会いたくないって思ってて、だから話し合うことも避けてる。

そのせいで今の状況になっている。

梅月さんに、明石さんに会いに行こうと言うのは簡単だ。でも、それを彼女が了承してくれるかはわからない。僕がどれだけ明石さんは怒ってないって言っても、それはあくまで第三者の意見でしかない。それは梅月さんを動かす一手にはならない。

だったら、僕にできることは一つ。

梅月さんは笑って良いって言いたい。その理由を伝えたい。

大きな深呼吸をした。どれだけつっかえても良い。今だけは吃音を気にするなと心の中で自分に言い聞かせて、口を開いた。

「梅月さんが転校するときに挨拶に来てくれたのを、ぼ、ぼ、僕は覚えてる」

エアコンや時計の小さな音。それに梅月さんの微かな泣き声が響く部屋に僕の声が交じる。俯いていた梅月さんが顔を上げて赤い目でこちらを見た。

「謝る必要なんてないのに謝ってくれた。あのとき、ち、ちょっと嬉しかったんだ」

梅月さんが小さく「えっ」と声を漏らしたのが聞こえた。謝られて嬉しいって変だもんな、と心の中で呟きながら話を続ける。

「ぼ、ぼ、僕のことを覚えてくれてる人がいるって、わ、わかったから。き、き、き、き、きききき、き、き、き、き……」

カ行で詰まる。でも、今は良い。「覚えてくれてる人」だと伝わらない。ちゃんとした言葉で言わなきゃいけない。

「き、き、きに、気に、気にかけてくれる人がいるってわかったから。嬉しかった。だ、だから、ぼ、僕は今、と、登校できてるんだ」

「そうなんだ。良かった」

「うん。梅月さんが家に来てくれてなかったら、ま、まだ、ひ、ひ、引きこもってたと思う」

「そんなことないよ」

「ぜ、絶対にそうだ。明石さんが家に来て、梅月さんを思い出したんだ。梅月さんは、ぼ、僕にひ、一人だけ親切な人だったから。だ、だから明石さんも、そ、そうなのかなって思った。ふ、二人は、と、と、友達みたいだったから」

僕が口にした友達という言葉に梅月さんの顔がくしゃっとなって、また俯いてしまった。

「他にも登校するようになった理由はある。で、で、でも、その一つでも足りてなかったら、ぼ、僕はまだ引きこもってた。だ、だから、梅月さんは僕を救ってくれた恩人の一人なんだ」

「そんなこと……」

「な、ないだなんて言わせない」

否定の言葉をすぐに遮って、真っ直ぐ梅月さんの顔を見る。その視線に気付いたらしい、こちらを向いた。赤くなった目と合った。今、このタイミングだ。

僕はずっと言いたかった言葉を口にした。

「ありがとう」

また梅月さんの目からポロポロと涙が溢れてきたのがわかった。

「梅月さんには、わ、笑ってて欲しい。ぼ、僕の恩人だから。だ、だから少しでも重荷が下りるなら、な、な、何度でも言う。ありがとう、ありがとう」

今までずっと言いたかった言葉を何度も口にした。一年のとき優しくしてくれてありがとう。気にかけてくれてありがとう。ずっとそう思っていた。それを言いたかった。

「笑えるかどうかはまだわからないな。でも、そう思ってくれてたのなら良かった。私も嬉しいな」

梅月さんが不器用に笑った。それが上手く笑えてないって自分でもわかったのだろう。

「笑顔って難しいね」

と困ったように眉をハの字にした。そして、「ちょっと待ってて」そう言うと、立ち上がり二階に上がっていった。

一人になった途端、恥ずかしさが込み上げてきた。

笑ってて欲しいだなんて、キザすぎたんじゃないか。そもそも、あんなにありがとうって言って良かったのかな、くどかったんじゃないか。恩人だなんて言って逆に重荷になったんじゃないか。

そんな反省と後悔が込み上げてきて叫び出しそうになる。それを、目の前に置いてある冷めた紅茶を一気に飲んでなんとか抑え込む。

「甘っ！」

あまりの甘さに思わずびっくりして、素っ頓狂な声が出た。

確かに砂糖は入れたけど、どのくらい入れたんだ。頭の中で砂糖を入れたときのことを必死に思い出そうとする。

「話し始める前、一杯で凄い量の砂糖を二杯も入れてたよ」

リビングの隅から、いつの間にか戻ってきていたらしい梅月さんがそう教えてくれた。

戻ってきていたなんて気付いてなかったから、驚いて顔をそちらに向けた。梅月さんの目が中学一年のときのように柔和に細くなっていた。その表情を見て僕は嬉しくて胸とお腹の境目の辺りが温かくなったのを感じた。

「加瀬くんは、京子ちゃんと話をするくらいの仲ではあるんだよね？」

梅月さんが僕の対面に座って確認するように尋ねてきた。小さく頷いてみせる。

「だったら、これを持ってて欲しいの」

梅月さんが、一通の封筒と橙色の蝶の髪飾りを僕達の間にあるテーブルの上に置いた。

これを僕に？　どういうことだろう？

僕にそれを渡す理由を封筒と髪飾りを見つめながら考える。それを察したのか梅月さんが口を開いた。

「これは引っ越しをする前に京子ちゃんに渡そうと思ってた手紙とバレッタなの」

「明石さんに……」

明石さんに渡そうと思っていたものを僕が持っていて良いのだろうか、という思いでポツリと呟いた。それが聞こえたらしい。梅月さんは小さく頷いた。

「うん、そう。手紙には私の京子ちゃんに対する気持ちが書いてあるの。バレッタは私とお揃いなんだ。私は京子ちゃんが大切。こんな形でも繋がりが欲しくてお揃いの買ったんだけど」

梅月さんはそこで言葉を詰まらせた。僕は促すように「だけど？」と言葉尻を真似る。

「京子ちゃんにいらないって言われたんだ。そのときはそれで引っ込めたんだけど、やっぱり持ってて欲しい。本当は加瀬くんが来てくれたみたいに、私だって電車で行ける距離だから受け取ってくれるまで何度も行けば良いんだけど、怖くて行けなかった」

また咄嗟に言葉が出てこなかった。頭の中では修学旅行で聞いた、明石さんが梅月さんを拒否した言葉が駆け巡っていた。

「それにね、大切だって思ってるのに逃げた私が自分の手で渡すなんてしちゃいけないって思ってる。それなのに京子ちゃんにこれを渡したいって気持ちもあって葛藤してる」

梅月さんが、テーブルの上に置いた手紙と髪飾りを、テーブルの上を滑らせるように両手で押して、僕の目の前まで移動させた。僕の視線はその二つに向いていた。

「だから図々しい勝手なお願いだけど、京子ちゃんの近くにいる加瀬くんに決めて欲しい」

「ぼ、僕に？」

手紙と髪飾りに向けていた視線を梅月さんに向ける。

梅月さんは大きく頷いた。

「京子ちゃんから全部を聞いてて、私の気持ちも知ってる加瀬くんに決めて欲しい。良いって思うなら渡して。私は加瀬くんが決めたことなら納得できるから。だから、お願いします」

梅月さんは深く頭を下げた。

本当は梅月さんが直接渡した方が良い。でも、それを僕が言って、自分の手で渡せるならもう渡しに行けているはずだ。周りが簡単に言うことが本人にとっては難しいことなんて、いくらでもある。僕にも数え切れないくらい経験がある。

だから、それを受け取った。

修学旅行の自由行動で、迂闊《うかつ》にも寝てしまっていた僕が起きたとき、テレビでは髪飾りを紹介していた。それを見て明石さんが泣いて謝っていたのを思い出した。

その涙と謝罪の理由。

それがわかったから、僕は言った。

「受け取ってくれるよ」

「うん」

その言葉に梅月さんは嬉しさと不安が交じったような表情で一度だけ頷いた。

手紙と髪飾りを梅月さんが小さな紙袋に入れてくれて、それを受け取って家を出た。

随分と長い時間、話をしていたつもりだったけど、太陽は高い位置にあって夕日になるまでまだまだ時間がありそうだった。

帰りの電車の中、紙袋に入っている橙色の蝶の髪飾りを見て、その色が明石さんの車椅子の色と同じだと気付いた。

そっか、明石さんは橙色が好きなんだ。

そんな明石さんが好きな色を選んだ梅月さんの気持ちのこもったこれは、きっと受け取ってくれる。二人は仲直りできる。

次々と移り変わっていく景色を窓際の席から眺めて、少し胸をわくわくさせながらそう思った。

だけど、それは僕の思い違いだった。


「勝手なことすんなよ」

梅月さんに会いに行った次の月曜日の放課後。

橙色の夕日で燃えるように染まった放課後の教室。明石さんは分厚い鐘を鳴らしたような低く冷たい声で、そう言い放った。

受け取ってくれるものと思っていた。

だから、手紙と髪飾りが入った紙袋を差し出したまま固まった。それを引っ込めるという思考が働かなくて小さく「えっ」と声を漏らし、明石さんの顔を見るしかなかった。

冷たい蛇のような視線。その表情からは怒りしか感じられなかった。

「勝手にそんなことして、あんた何様なの？　仲直りさせようと思った？」

明石さんは言いながら鼻で笑った。でも表情は全く笑っていない。冷たく怒気を含んだ口調で続ける。

「そんな簡単に仲直りできたら苦しんでない。車椅子押して色々手伝ってくれたのは感謝してる。でも、それで調子乗ったわけ？　他人の人間関係も修復できるって思ったわけ？」

トントンと右手の人差し指で車椅子の肘掛を何度も小刻みに叩く。

「そんなの頼んでないよね？　ほんとおせっかい。もうやめてくんないかなそういうの。マジでイラつく。そんな調子乗るくらいならさ、もう車椅子押したりとかもしないで」

なにも言えなかった。頭が真っ白だった。当然受け取ってくれると思っていたからだ。予想外の結果に考えが追いつかなくて言葉が出てこない。

それが明石さんを余計にイラつかせた。

明石さんは右手を強く握り、その拳を力いっぱい車椅子の肘掛に叩きつけた。

「またなにも言わない！　結局あんたは私に世話をやいて、自分のことから逃げてるだけなんだろ！　私を利用すんなよピエロ！」

二人しかいない教室に明石さんの怒声が轟いた。その声は外にまで響いたのか、真っ赤に燃える夕焼け空目掛けて、驚いたように鳥が飛んでいったのが目の端に映った。

ピエロと言われても結局僕はなにも言えなかった。

その日から僕達の間に会話は無くなった。

＊

北風が吹き、外を歩けば自然と身を縮ませてしまう程に寒い日が続く。

日によってはちらほらと雪が舞う。今年の冬は例年以上に寒く、全国的にも記録的な積雪のニュースを見る日が多い。僕が住んでいる地域は比較的温暖な地域のおかげで積もらないだけマシだ。今日は雪ではなく朝から弱い雨が降っている。

都会というわけではない町並みもクリスマス色に染まっている。少しばかりのイルミネーションに町を歩く人達の顔が綻んでいるように見えた。

それは学校の教室内でも同じだ。

高校受験を控えているのに、みんなの会話の中にクリスマスの話題が交じっている。心なしか表情が明るく見える。

そんななか、俯いて暗い顔をしているのは自分一人だけのような気がした。

期末テストも終わった。中間テストよりも出来は良かった。この調子なら高校も合格できる圏内だと言われた。普通ならそれは嬉しいことなのかもしれない。でも胸にぽっかりと空いた穴は埋まらない。最近では周りの明るい顔を見ることすら嫌だ。休み時間になる度、机につっぷして寝たふりをして過ごしている。

もう一ヶ月以上、明石さんと会話をしていない。

梅月さんのところへ行ったのがよほど不本意だったらしい。怒鳴られた翌日以降もハローと挨拶はしたけれど、全部無視された。いつからか僕からも挨拶をしなくなった。梅月さんから預かった手紙と髪飾りも家に置いたままになっている。

最初こそ怒らせてしまったことに罪悪感を覚えた。でも、少しずつ腹が立ってきた。勝手なことをしたかもしれない。それでも、きっかけになってくれたら良いと思ってのことだった。

その行為が怒鳴られたうえに、一ヶ月以上も無視されるほど悪い行いだったとは思えない。意固地になって僕からも話しかけることはなくなった。顔を見ることもやめた。絶対にこっちから謝ってやるもんかと強く思う。

このままハロハロの関係が壊れても良い。そう思う反面、近くに明石さんがいれば、どこか気になってしまう。クリスマスが近いこともあって、なにか買って謝ろうかと考えてしまう日もある。特に金田君を中心とするグループから笑いものにされた日は、一人でいるのが辛くなって余計にそう思った。

それでも怒鳴られたことを思い出すと、こっちから謝罪するのは癪《しゃく》に思って憤る。なのに、自分の部屋にいると勉強机の鍵付きの引き出しからほとんど使っていないお年玉を取り出して、金額を数える自分がいた。

毎日、悶々《もんもん》とした日々を過ごしている。

昼休み。またいつものように寝たフリ。教室ではずっとそうやって静かでいるから、周りの会話もよく聞こえてきた。

勉強の話題。昨日のテレビの話。クリスマス。僕の悪口を言って笑う金田君の声。はっきりと聞こえる。全部がうるさい。鼓膜を自分で破りたい衝動にかられた。

そんななか、声のトーンは他の人達と同じなのに、どういうわけかやたらと僕の耳には大きく聞こえてきた会話があった。

「ねえ。あいつらクリスマスにラブホに行くんじゃない？　修学旅行のときみたいにさ」

たぶん中川さんの声だ。

修学旅行。ラブホ。その二つの単語に背筋が寒くなった。

僕達のことじゃない。きっと、どこかの本物のカップルが修学旅行中にラブホテルに入ったんだ。だから、絶対僕達のことじゃない。たぶん。

机につっぷして目を瞑り、真っ暗な視界のまま心の中で強く否定した。

「知ってるー。朝から学校中で噂になってるよね。つーか車椅子押してラブホ入るとか、盛り過ぎ」

中川さんと会話している女子がゲラゲラと下品な笑い声を上げた。

体が震えた。

車椅子という言葉で僕達のことを言ってるのだということを確信した。それが学校中で噂になっているらしい。最悪だ。誰かが見ていて、今更人に話して噂が広まったのか。それとも地元の人に通報されたのか。

突然、校内放送が流れる。

『三年三組、加瀬真中。明石京子。今すぐ生徒指導室に来なさい』

低く滑るような不快に感じる声。生徒指導の芳賀だ。

教室内がざわついた。どこかから「絶対ラブホのことだ」と嘲笑する声が聞こえた。

嫌だ。行きたくない。逃げてしまいたい。

情けないけど涙が流れそうになった。このまま寝たフリをしていて、聞こえませんでしたって言おうかと本気で思った。

机につっぷしている僕の隣の席、明石さんが移動して教室を出て行く車輪の音が聞こえた。

誰にも聞こえないように、大きな溜息をついてから立ち上がる。

一部のクラスメイトの嫌な笑いを含んだ視線が痛い。それをできるだけ見ないようにして、教室を後にした。

小さな雨粒が廊下の窓を叩く。廊下はかなり冷えていた。吐く息が白くなって寒さで身震いする。

かなり前方に明石さんの後ろ姿が見えた。教室のある校舎から出ていくところで、入り口から入り込んだ風に短い髪の毛がさらさらとなびいていた。

僕は、明石さんとの距離が縮まらないように俯きながらゆっくりと歩いた。

生徒指導室は職員室の隣にある。そこに行けば芳賀の嫌な説教が待っていると考えるだけで憂鬱で億劫になる。このまま家に帰ってしまおうかと考える。でも、そんな勇気は無くて、生徒指導室に向かった。

生徒指導室の前。いきなり中に入らずにドアの前で目を瞑った。

怒られるのがわかっていて落ち着いていられるわけがない。それでも、少しでも落ち着いて気持ちを作れるように呼吸を整える。

ドアをノックする。中から芳賀の低く滑った声で「入れ」と聞こえた。

ドアを開く。雨空で太陽が出ていないせいもあるだろうけど、蛍光灯がついているのにやたらと暗く感じた。橙色の車椅子が目に入る。次に芳賀の薄汚れて、色褪せた黒いジャージが見えた。部屋の中は生徒指導という言葉には全くそぐわない、タバコの臭いがした。

「遅いだろうが。お前は足があるんだから早く来い」

胸がざわついた。

芳賀は声が不快なうえに、わざとかと思うくらい人の癇に障る言葉を使う。今の言葉だって明石さんの前で言って良い言葉じゃない。

「こっち来い。お前は座るなよ」

腫れぼったい出目金のような目でじとりとこちらを見た。また不愉快な言葉。この人がどうして生徒指導なんていう役職をしているのか不思議で仕方ない。

時間にして十五分近く、生徒指導室に来るのが遅くなったことにぐちぐちと文句を言われた。よくそんなに文句が出てくるなと感心するくらいだった。

一通り言いたいことは出尽くしたのか、芳賀が大きな溜息をついた。息からタバコの臭いが漂い、鼻が曲がりそうになった。

「で、あの噂は本当なのか？」

生気の無い目で僕を見つめながら問いかけてきた。

やっぱり芳賀が僕達を呼び出したのはそのことだった。僕と明石さんが修学旅行中にラブホテルに行った噂は教師の耳にも入っているらしい。

「本当です。すみませんでした」

芳賀は僕の顔を見ている。僕はなにも答えず、隣にいた明石さんがそう言って頭を下げた。明石さんの判断は間違っていない。ここは素直に認めて謝罪するのが一番早く説教も終わるだろうから。

芳賀は明石さんの態度が気に入らなかったらしい。舌打ちをし低い声で言い放った。

「お前には聞いてないんだよ」

また僕に嫌な視線を向けた。

「俺はお前に聞いたんだぞ？　お前がしっかり答えろ」

しっかり、という言葉を強調するかのように、そこだけゆっくりと声のボリュームを上げた。

ああ嫌だ。僕はこの人間が嫌いだ。一緒の空気を吸いたくない。目も合わせたくない。

「俯くな。早く言え。あの噂は本当なのか？」

どうしようか迷う。さっき、明石さんが認めて謝ったのは間違っていない。でも、僕がそれを認めたら、芳賀はどうしてそんなところに行ったのか理由を聞いてくる。そうなったとき、なんて言えば良い。本当の理由は明石さんのトイレの為。でも、女子のそんな事情を気軽に言って良いとは思えない。

「おい」

芳賀が急かしてくる。それが余計に苛立つ。

そうだよ。行ったよ。お前が想像してることは何一つしてないけどな。

そう言いたくなる衝動にかられる。実際に口を開くところまではいった。でも、怒りに身を任せて体に力が入ると、言葉がいつも以上に出なかった。

「早く言え！　そんなだからどもるんだろうが」

芳賀お得意のめちゃくちゃな理論。この人は本当になにも理解しようとしていない。きっとそれは、明石さんのこともだ。

「ほ、ほ、本当です」

怒鳴りたい。殴りたい。この場から去りたい。

そんな怒りでぐちゃぐちゃになった頭をできるだけ冷静にして、認める。

「おい。俺は『しっかり』答えろって言ったよな？　どもるな」

そう言った芳賀の口角が僅かに上がったのが見えた。

そうか。この人間は僕が言葉をつっかえさせるのを想定していた。だから、しっかりなんて言葉を強調した。そうやって、僕がちゃんと言えないのを吊るし上げて、楽しもうとしてる。

「む、無理です。ふ、ふ、普通に、は、話せません」

ついカッとなって反論する。自分の顔が熱くなっているのがわかった。怒りで血が頭に上っているのか、目の前がいつもよりふわふわした。

「お前が今までどもりを治そうとしなかったツケだろう。俺がせっかく治してやろうと音読までさせたのに。努力が足りん。努力が」

そんなので治るなら苦労なんてしない。そう言おうと口を開く。でも、最初の言葉が出てこない。その間に、明石さんが「あの」と口を挟んだ。芳賀の目がそちらに向いた。

「今は加瀬君の吃音のことは関係ありませんよね？　先生が呼び出したのは、学校で噂になってる私と加瀬君がラブホテルに行ったことについてですよね。それだったら認めます。行きました。申し訳ございませんでした」

明石さんは矢継ぎ早に言った。声は凄く冷静だけど、どこか焦っているように聞こえた。どうして、こんなに焦っているのだろう。次の授業に遅れたくないから？

そう考えながら時計を見る。ここに来てから随分と時間が過ぎていた。午後一時三十分。昼休みが終わったところ。もう授業に遅れるのは確定だ。それなら今更焦る必要なんてない。待て、午後一時。この時間は確か……。

脳裏に修学旅行のとき、ラブホテルで明石さんが言っていたことを思い出す。

スッと怒りが引いた。それよりも早く明石さんをこの場から解放しないといけない。

「あの先生。み、認めます。ぼ、ぼ、僕が誘いました。怒られるのは僕だけです。だ、だから、明石さんは、も、も、もう良いですよね」

全部、僕が被る。どんなに怒られても良い。文句を言われても良い。だから明石さんを早く。

「はあ？　んなわけにいくか。どっちが誘ったとかは問題じゃない。中学生如きがラブホテルに行った。しかも修学旅行中に。そのことが問題だろうが。明石だけ帰すわけにはいかん」

不快になる言葉のリズムで溜息交じりに芳賀はそう言った。

「あの、先生、トイレに行きたいです」

焦ったように明石さんがそう口にする。芳賀はわざとらしく大きな溜息をついた。

「そんな嘘をついて逃げようとするな」

「逃げません。必ず戻ってきますから」

「信じられん。我慢しろ」

「すみません、私は我慢なんてでき」

明石さんがそこまで言ったところで、椅子に座っていた芳賀が目の前にある机の足を思いきり蹴飛ばした。室内に衝撃音が響いた。

隣の明石さんが、その音に驚いて体をびくりと強張らせたのがわかった。そして、それ以上なにも言えなくなり、黙ってしまった。

その様子を見た芳賀が、口を開いた。

「そもそも加瀬がラブホテルに誘ったって、そのどもりでか？　それでついていくとか、明石も軽い女だな」

今度は含み笑い。本当にこの人間がなぜ教師をしているのかわからない。道徳心も人間としての配慮も全てが欠けている。

「ともかくだ。どうしてラブホテルに行ったのか説明しろ。まあ、理由なんて一つしかないがな。なあ、お前も思春期だもんな」

下卑《げび》た笑みで僕を見る。もうそれで良い。僕が性欲を我慢できなくなった。それで良いから、こんな不毛な説教を受けるのは僕だけにして欲しい。

「は、は、はい。そ、そうです」

「おい。しっかり言え」

「ぼ、ぼ、僕が、が、が、が、がが、が、我慢できなくて」

「どもってるぞ。それになにが我慢できなかったんだ言え」

「せ、せ」

「どもるな」

事実ではないけれど、芳賀の求める答えを言おうと何度も口を開く。その度につっかえて、やり直しさせられる。そんなやりとりを何度も行っていると、ふと部屋にタバコ以外の臭いが漂った。アンモニアの臭い。

ゆっくりと隣を見る。明石さんが顔を俯かせていた。車椅子の足元から、雫が滴《したた》り落ちて床に少し水溜まりができていた。

「お前」

芳賀もそれに気付いたらしい。なにか言おうとしたのと同時、明石さんは車椅子を旋回させてドアの方へ向かう。僕はなにも言わずに先にドアの前まで行き、開いた。

開いたドアから明石さんが車椅子を操作して出て行った。

僕の前を通る瞬間、横顔が見えた。赤くなった顔。その頬を涙が伝っていた。

「おい加瀬、これどうすんだ。明石に処理させろ。逃げやがって」

芳賀が床にできた水溜まりを、まさに汚物を見る目で見て言った。

瞬間、僕の中のなにかが切れた。

体がわなわなと震える。拳を強く握り締めた。口を閉じていると歯軋りで奥歯が砕けそうになるくらい、顎に力が入った。

「に、に、逃げた？　お前が行かせなかったんだろ」

低いトーンの声が僕の口から出る。芳賀がじとりとした不快な目をこちらに向けた。

「あんな状況でトイレって言われても逃げる為だとしか思わんだろ。それにすぐに黙ったしな」

「お前が机を蹴り上げたからだろ！」

怒鳴った。開かれたドアからその声は外に漏れて、廊下の壁に反響しているように聞こえた。

芳賀は僕が怒声を上げるなんて思ってもいなかったのだろう。面食らったように目を開き、なにも言わなくなった。

「明石さんは、ま、まだ中学生の女の子だ！　大人の男が、め、目の前で思いきり机を蹴ったりしたら怖いに決まってる！　そ、そ、そ、それにお前は、な、なにもわかってない。き、き、き、きき、き、ききき、き、きつ、吃音のこともわかってない。明石さんのこともだ！　明石さんは尿意を感じない。ち、力が入らないから、が、が、が、が、我慢もできない。それなのにお前はト、トイレに行かせなかった！」

芳賀が弱々しく「調べたことはある」と言ったのが聞こえた。でも、そんなのは関係ない。本当に調べたことがあったとしても、それがなんの役にも立っていない。そんなのは調べていないのと一緒だ。

「ぼ、僕はお前をせ、せ、先生だとは認めない。さ、さ、最低の人間だ。そ、そんな人間に、せ、説教もされたくない」

最後にそう言って生徒指導室を後にした。

その足で明石さんを捜し始めた。

教室には絶対に戻っていない。あんな状態で戻れるわけがない。車椅子の明石さんが学校で一人で行ける場所も限られている。一番可能性があるのは保健室。そこなら替えの制服も置いてあるはずだ。

保健室は職員室や生徒指導室と同じ校舎の一階。生徒指導室から出て数メートル歩いたところにある。すぐに保健室に行ったが、そこには保健の先生しかいなかった。明石さんはと尋ねる。来てないと教えてくれた。軽く会釈をして、保健室を後にした。保健室にいないとすると、残っている場所はあそこしかない。担任の笹谷先生がなにかあったときにと密かに明石さんに鍵を渡していて、明石さんは自由に出入りできる。それも今いる校舎と同じ。一階の一番奥。職員室とは逆方向に位置するそこに早足で向かう。いつもより強く床を踏むせいか、上履きのゴム底が擦れる音が足を踏み出す度に大きく鳴り響く。さっきよりも少し強くなった雨が窓を叩く音が、ゴム底が擦れる音に交じって聞こえる。廊下は凄く寒いはずなのに、怒りのせいか寒さを感じない。むしろ体は熱く感じる。

理科準備室の前に到着する。すぐにドアを開けようと引く。でも、鍵がかかっていて開かない。中から鍵をかけているのかもしれない。ドアを強くノックした。

「ハ、ハロー。明石さん、いる?」

僕だとわかるように、ハローと挨拶してから確認する。返事は無い。ドアの窓には光を遮る黒い紙が貼り付けられていて中の様子は見えない。もう一度、声をかけるけど、やっぱり返ってこなかった。

無視をしているわけじゃなくて、ここにはいない。

不思議とそう確信した。他に明石さんがいる場所は思いつかない。もう外に出ているかもしれない。服も汚れただろうから、家に帰っている可能性もある。

家に帰っているならそれで良い、と僕だけ教室に戻ろうか考えた。でも、一人で教室に戻ったりしたら、クラスメイトの好奇に満ちた視線が僕だけに注がれる。それはたまらなく嫌だ。それに家に帰っていない可能性だってある。

少し考えた後、教室には戻らずそのまま明石さんを捜しに行くことに決めた。外履きは教室に置いたままの鞄の中。それを取りに戻ると結局視線を集めることになるから、上履きのまま捜しに行くことにした。

校舎から出る。また雨が強くなっているような気がする。

頭の中で、修学旅行の自由行動の話し合いをした後、明石さんの家まで車椅子を押して帰ったことを思い出す。

この雨だと明石さんの家に着く頃はもう濡れるところが無いくらいびしょ濡れになるだろう。でも、傘も教室にあるから、僕は濡れるのを覚悟で上履きのまま学校を飛び出した。

運動なんてしていないから体力が無い。足も遅い。それでも、僕なりの全速力で雨の町を駆け抜ける。足が地面と接触する度にアスファルトを濡らす雨水を撥ねる。上履きも水をどんどん吸い込んで重くなる。途中から、一歩踏み出す度に上履きの中で不快な感覚が足の裏を伝った。

頭の中は、生徒指導室から出ていく瞬間の涙を流す明石さんの横顔でいっぱいだった。明石さんだって年相応の女の子なんだ。恋愛映画を見たがるし、テレビでファッションの話題が流れていたら、食い入るように見るような、どこにでもいる女の子なんだ。女の子が人前で漏らして辛くないはずがない。嫌じゃないはずがない。恥ずかしくないはずがない。逃げて当然だ。

ますます明石さんが僕と同い年の女の子なんだと実感した。だからこそ気付いた。

僕が梅月さんのところに行ったことに対して怒ったのは、それも年相応の女の子だからだ。

僕は昔から吃音のせいでからかわれて孤立していた。だから、クラスを俯瞰《ふかん》で見ていることが多かった。それで思っていたのは男子より女子の人間関係の方が難しそうだということ。

小さなことで亀裂が入る。でも、それを悟られないように取り繕っていたりしていた。何人かで楽しそうに話をしていても、その中の一人がいなくなるとその人の悪口を言ったりしていた。嫌なことや気に入らないことがあれば、根に持つことが多くて怖いと思った。明石さんもそんな人間関係の中をこれまで生きてきた。だから、いくら梅月さんのことを良い子だと思っていたとしても、一度拒絶してしまったことで不安になったのかもしれない。

その女子の人間関係にずかずかと他人の僕が入ってきたことを良しとしなかったんだろう。これが明石さんが怒った理由の正解だとは言えない。僕の想像でしかない。でも一つ、確かなことはある。

もし怒った理由がそうだとしても、そうじゃなかったとしても、梅月さんは明石さんとの仲を取り戻したいと思っている。

それは梅月さんに会ったからこそ知ることができた。そうじゃないと明石さんと繋がりが欲しいと髪飾りなんて買わない。それに確かに聞いた。梅月さんが須奈学園を志望する理由は看護科があるからだ。絶対にそれは明石さんの為だって確信してる。

だから僕はやっぱり謝らない。それにもう迷わない。明石さんがどんなに拒絶しても、絶対に手紙と髪飾りを渡す。そうしたら絶対に二人の仲は修復できる。それが明石さんの為になる。

明石さんは年相応の女の子だから。仲の良い同性の友達が絶対に必要だから。

雨の中、緩やかな下り坂の道を走り、まず自分の家に戻った。玄関から自分の部屋がある二階へ向かう。古い家の階段が強く軋む音がする。穿《は》いている白い靴下が水びたし状態だ。僕が通ると足跡がつく。それを拭いている暇はなくて、お母さんにごめんと心の中で謝罪をした。手紙と髪飾りが濡れないように、部屋にあったファスナーがついたナイロン袋に入れて、家を飛び出した。

明石さんの家までは緩やかな下り坂。スピードは上がるけど、膝にかかる負担が大きくて痛くなってきた。走り方も少しずついびつになる。それでも走り続けた。

橙色の屋根に白い壁の一軒家の前で立ち止まる。門扉から玄関までは緩やかなスロープになっていて、少しの溝も無い、綺麗で真っ直ぐな白い道が延びている。

門扉のすぐ横に「ＡＫＡＳＨＩ」と書かれた表札とインターホンがあった。息がかなり上がったままで肩が大きく上下してしまう。このままインターホンを押しても上手く言葉を発することなんてできない。息を整える為に、口の中に溜まった唾を飲み込んで、何度も深呼吸をする。そこでようやく、一度家に帰ったのに傘を持ってこなかったことに気付いた。自分のことなんて、これっぽっちも考えてなかった。冬の雨に濡れているのに、走ってきたおかげで寒さはなかった。もう少し落ち着いてから押そう。そう考えていた僕の後ろから少し怪訝そうな口調で声がかかった。

「京子のお友達でしょうか？」

雨がアスファルトを打つ音で足音が聞こえなかった。そこに人がいるなんて思わなくて体を強張らせる。ゆっくりと顔を声がした方に向ける。

背の高い、明石さんをそのまま大人にしたような女性が傘を差して首を傾げていた。一目見ただけで、この人が明石さんのお母さんだということがわかった。髪型までショートカットにしていて、瓜二つだった。

「あの、えっと、と、友達というか……ハ、ハロハロの仲です」

友達と言って良いのかわからなかった。だから、前に明石さんが決めた二人の関係を口にする。それを聞いた明石さんのお母さんは嬉しそうに目を細め、「あなたがそうなのね」と呟いたのが聞こえた。

「あ、ごめんなさいね。濡れたままじゃない。タオル持ってくるから中に入って」

思い出したように優しい声で明石さんのお母さんからそう言われる。中に入ろうなんて考えてなかったからしどろもどろになる僕の腕を掴んで、引っ張っていった。

引っ張られたまま玄関に入った。柑橘系のさわやかな匂い。明石さんの香りだ。

その香りのおかげで、混乱しそうになった頭が落ち着いた。

ゆっくりと尋ねる。

「明石さんはいますか？」

明石さんのお母さんは「少し待っててね」と言って、中に入っていった。しばらくしてから、白いタオルを持って現れる。

「ごめんなさいね。京子はいないみたい。でも、まだ学校の時間よね？　なにかあった？」

明石さんのお母さんは心配そうに眉をハの字に下げて、タオルを差し出してきた。

どうしようか悩む。明石さんが説教を受けている最中に漏らしてしまった。それでいなくなったと言って良いのか。目の前にいるのは明石さんのお母さんだから言っても問題ないかもしれない。でも、明石さんは大人びていたってまだ中学生で、こんな話を親には聞かれたくないかもしれない。

それに、説明すると説教を受けることになった理由も話さないといけなくなる。

僕は失礼であることを重々承知のうえで、差し出されたタオルを手に取らず、

「わ、わ、わかりました。す、すみません」

一度、深く頭を下げて体を翻《ひるがえ》して玄関を飛び出した。

後ろから呼び止められる声が聞こえた。でも、それを無視して門扉を出て走った。胸の中で何度もごめんなさいと謝りながら、アスファルトを濡らす雨水を撥ね上げながら駆けた。

家に帰っていないということは、行く場所は一つしかない。

そこに万が一いなかったらお手上げだ。どうかいますように。

強く願いながら、そこへ向かう。

懸命に走っているのに視界は鮮明に周りを捉えていた。国道を走り過ぎていく黒や赤、シルバーや青といった色とりどりの車達。その運転手が雨の中傘も差さずに走る学生服姿の僕を不思議そうに見ているのがわかった。ふと修学旅行で車椅子を押して歩いているときに向けられた視線を思い出す。でも、あの同情に満ちた視線ではなかった。

その視線で、僕は吃音症だけどそれは話さないとわからない、傍から見れば、健常者と同じなんだということに気付く。

それだけでも僕は幸せなのかもしれない、と思った。

明石さんのように見るからに障がい者というわけではなく、あの視線に晒されることもない。黙っていれば居心地が悪くなることもないのだから。

雨の国道沿いを走り、別津川沿いの土手に到着する。前に明石さんが上るのを見せてくれた坂とは違うところから土手の下に下りる。ここから少し北に向かって走ればあの坂がある。

雨が川の水面を叩いて、川面を撥ねる。決して透明な川というわけではないけれど、いつもより濁って見えた。

随分前に舗装されて一度も修繕されていないのか、所々亀裂が入り盛り上がった道を走る。凹みもあって水溜まりもできていた。体は随分と濡れた。今更水溜まりに足を踏み入れないようにしても仕方ない。気にせずに走った。

雨音に交じって叫び声が聞こえた。とても悲痛な声。

視線を前に向ける。明石さんが橙色の車椅子で自走して、坂を上っている後ろ姿が見えた。僕と同じで制服も髪も全て雨に濡れて重たく見えた。

明石さんはもう坂の頂上付近まで行っていた。このまま坂を上りきるのだろうと思った。でも、明石さんは頂上付近で突然、自走を止めた。

そのまま車椅子は勢いを失くし、後ろに下がっていく。

このまま行くと明石さんは車椅子ごと柵の無い川に落ちる。なんてことのない浅い川。普通の人なら溺れることもないし、すぐに立ち上がれば、膝くらいの深さだろう。

でも、明石さんにとってはとても深い。明石さんはこの深さでも溺れるかもしれない。冬の川の水はどのくらい冷たいのか。動けないまま体温が低下して、それで命を落とすかもしれない。総合運動公園は近くにあるけど、別津川沿いは人通りが少ない。見つけてもらえない可能性だってある。僕は痛みで悲鳴を上げる膝を庇《かば》うことなく強く地面を蹴った。

間に合え！

車椅子が川に落ちる寸前、受け止める。勢いで僕の体が後ろに下がる。手の力だけで明石さんと車椅子を前に押した。片足を滑らせ、バランスを崩した。

気がつくと目の前がぼやけて見えなくなった。鼻、口、色んなところから水が入ってきた。息ができない。でも、苦しいよりも痛くて、冷たかった。

すぐに冷静になる。自分が川に落ちたことを悟った。水深が浅いことを思い出す。落ち着いて立ち上がった。雨で少し水嵩《みずかさ》が増しているのか膝より少し上に水面があった。

明石さんの姿を捜す。土手の下で橙色の車椅子が倒れているのが見えた。そして、腕の力だけで匍匐前進《ほふくぜんしん》するように川の方に来る明石さんの姿があった。

「と、止まって！」

叫ぶ。その声に明石さんの動きが止まる。僕に顔を向けて、一瞬、安堵した表情を浮かべたのがわかった。でも、すぐに険しい顔に戻った。

「馬鹿なの⁉　最悪死ぬよ！」

「明石さんだって！」

怒鳴り声に怒声で返す。すぐに明石さんがまた叫んだ。

「私は良いの！　もう死にたいの！　生きてるだけで恥をかくばかりで笑われて辛いの！」

雨が這いつくばっている明石さんを打つ。顔も濡れているのに、泣いているというのが見てわかった。その涙と言葉で、どれだけ辛かったのかを思い知った。たぶん、今日だけじゃない。今までも同じようなことが何度もあったのかもしれない。それでもギリギリのところで保ってきた気持ちが今日、切れた。それに対して僕はなんて言葉をかけて良いのか、頭ではわからなかった。でも、

「ぼ、僕だけ残して死ぬなよ！」

自然と口から言葉が出ていた。

「明石さんが、そ、そ、卒業式で歩けなかったら、ぼ、僕も一緒に死ぬって言っただろ」

体と声が震える。寒さのせいじゃない。

「泣いてるの？」

明石さんが尋ねてきた。僕は、川が冷たいだけだと意地を張った。

「出てきなよ」

這いつくばったまま、明石さんが右手を差し出したのが見えた。それに小さく頷いて、ゆっくりと川から土手下の道に上がる。雨でこれ以上はもう濡れないと思ってたのに、服も上履きも更に重くなった。上履きにいたっては歩く度に履き口から水が溢れてきた。

倒れた車椅子を起こす。座れる？と尋ねる。

「無理。手伝って。座らせて」

いつもより弱々しい口調でそう言った明石さんは、上半身の力だけでうつ伏せから仰向

けになった。雨が顔を直接打っている。

どうやって車椅子に乗せたら良いのかわからなかった。もっと勉強しておけば良かったと後悔した。僕がどうしようか悩んでいる間、明石さんは動かずに仰向けで黒い雲が広がる空を眺めていた。

「つ、つ、掴まって」

明石さんの側に膝をついた。自分の首の後ろを軽く叩く。それだけで伝わったようで、明石さんは僕の首の後ろに両手を回した。そのまま明石さんを抱きかかえる。持ち上げられるか不安だった。でも、明石さんの体重は凄く軽くて、僕みたいな貧弱な男でも持ち上げることができた。

左腕を明石さんの両膝の下に回す。その感覚で骨と皮だけと思ってしまうくらい細い足なのがわかった。あまりに細くて胸が痛んだ。

「お姫様抱っこみたいだ」

明石さんが呟いた。それで僕も気付いた。途端に恥ずかしくなる。でも、車椅子に座らせるにはこの方法以外、思いつかなかったから仕方ない。

「す、座らせるよ」

そう言って、ゆっくりと明石さんのお尻を車椅子に乗せた。膝の下に回していた左腕を抜いて、背中を支えていた右手も外す。瞬間、首の後ろに回していた明石さんの腕の力が強くなって、僕を抱きしめた。

突然のことで驚く。どうしたら良いのかわからない。胸が張り裂けそうなくらい強く脈打った。両手を中途半端にぷらぷらとさせた。耳元で明石さんの泣き声が大きく聞こえる。泣いているのを見られたくないのかな、と思った。

しばらくそうしていると、明石さんが「ねえ」と口を開いた。僕は「ん？」と聞き返す。

「私が自殺したら、芳賀も、クラスの奴らも、みんな後悔するかな。復讐になるかな」

胸が締めつけられた。その後、急に悲しくなった。自分の命を復讐の道具にしようと考えるくらい、追い込まれていたんだ。

ふと、三者面談の日、お母さんが僕に謝罪した姿が頭を過ぎる。今と同じ雨だった。雨に濡れながらお母さんは泣いていた。次に思い浮かんだのは、一年のときに僕をいじめていた岡本君の笑った顔。

「な、な、ならないよ」

「えっ」

僕の答えに明石さんは腕の力を緩めた。やっと距離が離れる。赤くした目と合う。雨で顔は濡れてるけど、涙の跡がはっきりとついていた。

「明石さんをぞんざいに扱ってたみんなは、さ、最初は反省すると思う。で、でも、そ、そ、そのうち忘れて、ま、また馬鹿みたいに笑って過ごすと思う」

芳賀やクラスの連中は明石さんがいなくなっても、時間が経てば忘れて笑う。まるで明石さんが最初からいなかったように。

それよりも明石さんがもし死んでしまったら。そのときに心に深い傷が刻みこまれるのは、明石さんのことを大切に思っている人だ。

「そ、そ、そ、そんな奴らよりも、明石さんのことを本当にた、大切に思ってるひ、ひ、人の方が辛い。明石さんのお母さんとか」

友達かと尋ねてきて、僕がハロハロと答えたことに凄く嬉しそうな表情を浮かべた明石さんのお母さんは、絶対に悔やむ。悲しむ。

「梅月さんなんて、明石さんの後を追いかねないくらい、つ、つ、辛いと思う」

梅月さんの名前が僕の口から出た瞬間、明石さんは俯いた。そして、小さく「そうかな」と口にしたのが、雨の音に交じって聞こえた。

「ぜ、絶対にそうだ」

僕は言い切った。いつもより大きな声で。明石さんが顔を上げた。

「も、も、もっとなにかできたんじゃないか。じ、自殺するサインを出してたんじゃないか。そ、そ、そ、それを見逃してたんじゃないかって。ず、ずっと、じ、自分を責めて、悩み続けるよ」

梅月さんに会ったからこそわかる。絶対に梅月さんは自分を責め続ける。一生悩み続ける。

明石さんはなにも言わなかった。雨音と、少し離れた国道を走る車の音しか聞こえなかった。しばらく、僕達は黙ったまま見つめあっていた。

その沈黙を明石さんがポツリと破った。

「加瀬君はどう？　後悔する？」

声が震えていた。たぶん、また泣いてしまうのを堪えてるんだと思う。

「当たり前じゃないか。も、もっと話をしていたら、と、止められたんじゃないか。ぜ、ぜ、絶対にそう思う」

「最近は話してなかったけど、私、加瀬君には結構、なんでも話したと思うよ。それでも？」

「うん。そ、それ以上にも、もっと話をしていたらって思う。じ、実際に今も、明石さんがこれだけ悩んでるって、つ、つ、辛い思いをしてるって知った」

そこまで言って言葉が詰まった。いつもの吃音じゃない。明石さんの抱えてる辛さや悩み、痛みなんかを想像したら胸が詰まったから。涙が溢れてきそうになったから。それを唾を飲み込んで無理矢理押し込んだ。それでも涙は我慢できなくて溢れ出した。

「明石さんがいないと、ぼ、僕は安心できない。ぼ、ぼ、僕のことを知ってくれてる人がいなくなるから。だ、だから、いなくならないで欲しい」

止め処なく流れる涙で視界がぼやけた。ぐしょぐしょに濡れた右腕で拭う。少しだけマシになった視界に、優しく微笑む明石さんの顔が映った。

「私、ちゃんと加瀬君の中にいるんだね。どんな人からしても私は邪魔な人間だって卑下《ひげ》しなくて良いんだね。加瀬君に必要にされてるって信じて良いんだね」

拭ってもまた出てくる涙を明石さんが右手を伸ばして、親指で拭ってくれた。僕は大きく頷いて見せて、断言した。

「梅月さんにだって必要だよ」

梅月さんの名前を出して、初めて明石さんが笑った。すぐに顔をくしゃくしゃにさせた。

「ごめん。今だけ、泣いて良い？」

確認なんてしなくて良いのにと思いながら小さく頷いて見せた。それを見た明石さんの目からこれまで我慢していた分の涙が出てきたんじゃないかってくらい一気に溢れてきた。

雨音も国道を走る車の音も、全部、僕の耳から掻き消えるくらい明石さんは大声で泣いた。涙も鼻水も全部出して、感情を抑えることもなくずっと泣き続けた。雨が涙にぶつかって、わからなくなったのが見えた。その姿を見て僕まで泣きたくなる。そして気付く。

明石さんが好きだ。

明石さんが泣いていたら悲しくなる。笑っていたら嬉しい。それなら笑って欲しい。今日は明石さんが死のうとしたのを助けることができた。でも、明石さんは卒業式で歩けなかったら死ぬつもりだ。そのときは僕も死ぬって言ってある。それじゃあ、歩けたらどうする。

密かに決めた。明石さんが卒業式で歩けたら告白しよう。何度言葉をつっかえさせても想いを伝えよう。

その後、泣き止んだ明石さんの車椅子を押して家に送った。明石さんのお母さんが心配そうに出てきた。でも、なにがあったのか聞いてこなかった。僕達のずぶ濡れになって、目も赤くした様子を見て、察してくれたんだと思う。

帰り際、明石さんに手紙と髪飾りの入ったファスナー付きの袋を差し出した。幸いにも中は濡れていなかった。

明石さんは少し黙った後、それを受け取って、こう言った。

「まだ読めないかもだけど、つけられないかもだけど、受け取っとく。私が持ってるのが良いんだよね」

僕はそれに頷いて、家路についた。


次の日は土曜日で、学校は休み。でも僕は一人、教室に置いたままの鞄を取りに来た。

教室に入ると、黒板にいつかのように僕と明石さんの相合傘が描かれていた。その横には下品な絵と、初体験おめでとうと書かれていた。

僕と明石さんの鞄はめちゃくちゃになっていた。教科書もノートも鞄の中に入れていた外履きも、全部散らばっていた。ゴミ箱に捨てられているものもあった。

それを一人で片付けて、二人分の鞄を持って教室を出た。

胸が痛まなかったといえば嘘になる。やっぱりこんなことをされていたのはショックだ。でも、前のようにそれから逃げ出すような気持ちではなかった。

昨日、明石さんが死ぬことによって復讐しようと考えているくらい追い込まれているのを知った。それを知らずに、こんなことを平気で書けるような奴らには絶対に負けたくない。だから、なにがなんでも今日から卒業式の日まで、この最低最悪の学校を一日も休まずに登校して、卒業してやる。それが僕の勝利条件だ。

だから、黒板に書かれた悪戯書きを見てもめちゃくちゃにされた鞄の中身を見ても、鼻で笑ってやった。

学校を出た後、明石さんの家に行く。学校の鞄を渡して、「今から遊ぼう」と提案する。明石さんは驚いた表情を浮かべたけど、すぐに「わかった」と了承してくれた。

「どこに行くの？」

そう問いかけてきた明石さんの車椅子をゆっくり押しながら、内緒と誤魔化す。

電車に乗って、繁華街に出る。電車に乗るときは駅員さんがスロープを出してくれた。電車の中では、僕達が乗るスペースを全くの他人である若いカップルが空けてくれた。

単純だけど、世の中は悪くないと思った。

電車から降りる。車椅子を押して靴屋さんに行った。学校でもこんな日でも明石さんの靴はボロボロだ。たぶん明石さんは靴なんてなんでも良いと買わないでいるんだろう。親にもそう言っているんだと思う。だから、僕は絶対に靴を買おうと決めてきた。

困惑する明石さんに、

「ぼ、僕は今だけはさ、サンタだから。ど、ど、どれでも一足選んで良いよ」

クリスマスまで数日ある。でもこの土日がクリスマス前最後の休日。だから、今日買おうと決めた。ある程度高くても大丈夫なように今までほとんど使っていないお年玉も全部持ってきた。

「私、こんなだし靴なんてどれでも良いよ」

「だ、ダメだよ。明石さんは女の子だから。お気に入りのく、く、……シューズを履かないと」

靴と言えなくて言い換えた。でもそれで自己嫌悪は感じない。こうやってコミュニケーションを少しでもとっていこうと決めたから。そうして少しでも明石さんのことを知ろうと思ったから。

「なにそれ、キザだ」

僕の言葉に明石さんはケタケタと笑った。久しぶりにこうやって笑うのを見て、嬉しさで鳩尾の辺りが温かくなった。

「それじゃ遠慮なく選ぶよ」

その言葉通り、明石さんはこの靴屋の靴を全部見るんじゃないかってくらい、ゆっくりと真剣に見ていき、車椅子と同じ橙色のスニーカーを選んだ。

それを試着する。素直に似合ってるよと言う。

「ありがと。大切にするね」

明石さんが白い歯を見せて笑った。橙色のスニーカーを履いた姿を見て、梅月さんが渡そうとした橙色の蝶の髪飾りがあればもっと素敵なんだろうな、と想像して顔が綻んだ。

靴を買った帰り、明石さんは今までのボロボロの靴ではなくて、買ったばかりの橙色のスニーカーを履いて帰った。車椅子を押してるときも電車の中も、ずっと嬉しそうに靴を眺めていた。

家まで送ると、出てきた明石さんのお母さんが「京子を連れ出してくれてありがとう」と僕に優しく微笑んだ。その後、明石さんが履いている靴に気付き、「可愛い！　似合うわ！」と黄色い声を上げた。

「でしょー？」

家に入りながら、そう誇らしげに言った明石さんの声が弾んで聞こえた。なんだかそれに僕まで誇らしくなった。

自分の家までの帰路、橙色の空の下、誰もいないのを確認して軽くスキップをして帰る。どこかの家の犬が不思議そうな目で僕を見ていた。

＊

冬休みが明けて一ヶ月と少しが経った。これまで、雪は降っても積もらなかったのに、正月明け、ついに薄く積もった。それだけで凍てつく寒さが日本列島を覆っていることがわかる。とは言っても、高校受験を控えている身としては寒いと感じる暇もないくらい毎日勉強漬けだ。二年も学校に行っていなかった分を取り戻すのに必死だった。

親も僕が体調を崩さないようにと、今冬は電気代を度外視して家の中を暖かくしてくれている。たまに暑いと感じるくらいだった。

そんなお母さんの気遣いのおかげで風邪を引くこともなく、今日までやってこられた。勉強の方も放課後に理科準備室で明石さんに教えてもらって、だいぶ理解できるようになった。

実際、一月の後半にあった実力テストでは二学期の中間と期末からは考えられないくらい順位が上がった。明石さんが言うには、僕が理解力があるから苦労はしていないとのことだ。褒められるとむず痒《がゆ》い。

そんな勉強漬けの日々ももうすぐ終わる。

私立の受験が数日後に迫っているからだ。僕は結局、私立の須奈学園を専願で受けることにした。受験が終わったらいっぱい寝ようと決めている。

クラスの状況は変わらない。相変わらず毎日のように嫌がらせは続いている。

二月になればバレンタインがある。また学校で僕と明石さんのことで変な噂が立つのだろうか、なんて心配していたけれど案外それは無かった。たぶん大半の生徒は高校受験のことで頭がいっぱいになっているのだろう。そのせいでバレンタインで浮かれる程の余裕が無いんだと思う。

今日も人体模型がこちらを見つめている理科準備室で二人で黙々と勉強を進める。最近は蛍光灯が弱ってきているのか、ジジジと微かに音が鳴っている。それに交じってノートにシャーペンを走らせる音と教科書やノートをめくる音だけが理科準備室の中に響く。

明石さんが教科書を閉じた。

いつからか、それがその日の勉強は終わりという合図になっていた。僕は両手を天井に向けて大きく伸ばし、固まった体をほぐすように伸びをする。背中が気持ち良い。

窓の外を見ると真っ暗だった。ついさっきまでは、夕焼け空だったのに、もうすっかり夜だ。窓から見える位置に星が一つ、瞬いているのが見えた。

「面接の練習はしてんの？」

外を眺めていると、不意に明石さんが尋ねてきた。僕が受ける予定の須奈学園には面接があるから心配してくれたのだろう。

「家でお母さんと」

「そっか」

素直に答えると素っ気なく返ってきた。でも、どこか安堵しているようにも聞こえた。

「明石さんは、り、り、リハビリはしてる？」

「してるよ。もう大変。辛い、しんどい」

僕の問いかけに蛇みたいな切れ長の目を大袈裟に瞑って、溜息をついた。

文字通り、甲高い音を鳴らして風が吹いた。窓に当たり、がたがたと音をたてた。冬らしい。それだけで寒さを感じる。

どちらから帰ろうと言ったわけではないけど、ほぼ同時に帰り支度をする。教科書類を鞄に入れる。窓は開けていないけれど、一応戸締りを確認した。

「押すね」

「うん、お願い」

そう言うと明石さんは僕に手を差し出した。最近、こうやって僕が車椅子を押している間、鞄を持ってくれるようになった。いつも二人分の鞄を明石さんは太ももの上に置いている。

理科準備室の電気を消して、鍵をかける。寒いというよりも冷たいという言葉の方がぴったりくる廊下を橙色の車椅子を押して進む。校舎の外に出ると、待ち受けていたように風が吹いた。明石さんの髪の毛と足首まで隠れるくらい長いスカートの裾がなびいた。柑橘系の香りが僕の鼻をくすぐった。

昇降口で靴を履き替えて、砂利の中庭を進む。押しているはずなのに進みが悪い。これを自走して進むのはやっぱり大変だろうと思う。とことん、学校や町がまだバリアフリーからは程遠いんだなと実感する。

最近の帰り道は会話、というより互いにクイズを出し合いながら帰っている。砂利の道を越えて、正門に向かいながら問題を出そうとした瞬間、風に乗って下品な笑い声が聞こえた。

その笑い声は教室で毎日のように聞いている金田君のもので、思わず身構えた。月明かりを浴びて正門のところで誰かと話している姿が見えた。

まだ学校にいるなんて思ってもなかった。立ち止まって、引き返そうか考える。

「大丈夫。あいつがなにか言ってきても無視したら良いし」

明石さんも金田君の存在に気付いたらしい。僕の考えを読んだようにそう言った。僕は小さく「うん」とだけ言って歩みを進めた。クイズを出すことは自然としなかった。

車輪の音が辺りに響く。その音が正門のところにいる金田君と誰かにも聞こえたらしい、こちらを向いたのがわかった。

「来た来た」

嫌な含み笑い口調の金田君の声。次に「ああ」と低い、聞き覚えのあるようなないような、別の男子の声がした。

「おい加瀬、こっち来いよ」

金田君が手招きする。僕に用事があったらしい。用事があるのなら無視をして通り過ぎようとしても呼び止められるに決まってる。

「先行ってて良いよ」

明石さんにそう告げる。

「行くんだ。律儀だねー。まあ、待ってるよ。寒いから早くしてよね」

明石さんはこちらを振り向き、眉間に皺を寄せながら溜息交じりにそう言った。うん、と小さく頷いて正門に向かう。途中、視線だけを空に向ける。明るい満月が目に入った。おかげで夜だというのに外は随分と明るい。金田君が下卑た笑みを浮かべているのもよく見えた。

ああ嫌だ。なにがあるんだろう。すぐに終わるかな。

そう悶々としながら向かう。校門の陰にいて見えなかったもう一人が姿を現した。僕は動きを止める。心臓が掴まれたと錯覚するくらい痛くなる。目の前がふわりとなって、一瞬、呼吸が止まった。

どうしてここにいる。ここにはもういないはずだったじゃないか。

頭の中で、どうして、が駆け巡った。

その人物、一年のときに僕をいじめた主犯格、岡本圭介が見たことのない学生服を着て、ポケットに手を突っ込んで立っていた。

「加瀬、早く来いよ」

まるで水を得た魚のように金田君がそう言って笑った。僕は動けない。それに痺れを切らしたのか、金田君がやってきて僕の肩に手を回した。そのまま無理矢理正門まで連れて行かれた。

一年のときのことがフラッシュバックする。呼吸が荒くなる。嫌だという思いで支配された。体が震える。気がつくと僕は金田君に連れられて岡本君の目の前まで来ていた。

「岡っち、こいつどうする？　あれやる？　やめてって言わないとやめないパンチングマシーン」

ゲラゲラと金田君が笑う。僕が、ヤ行を上手く言えないことがわかってされていた暴力。パンチングマシーンと言われていたことを初めて知った。

嫌だ。怖い。やめて。

恐怖に支配された。月明かりで明るいはずなのに絶望で目の前が赤黒く見える。岡本君が僕を見ている。目を逸らしたいのに体が動かない。

岡本君が口を開く。なんて言われるのか身構えた。

「金田、お前まだそんなつまんねえことしてんの？　もうやめろよ」

えっ、と声が漏れた。それは僕だけじゃない。金田君も同じように声を漏らしていた。

岡本君の目は金田君に向けられていて、言葉通り、つまらないものを見るような目をしていた。

そして、岡本君は僕の方を真っ直ぐ見つめた。次の瞬間。

深く、頭を下げた。

「加瀬、ごめん。俺、お前に一年のときにしたこと謝りたくて来たんだ」

そう言った岡本君の言葉の後、風が吹き抜ける音がした。冷たいはずなのに、驚きで全くなにも感じなかった。僕も金田君もなにが起きたかすぐに理解できず言葉が出なかった。

「本当にごめん」

また岡本君が謝罪の言葉を口にした。

「嘘だろ……岡っち、マジ」

金田君が独り言のように、そう口にした。

「ああ、本気だ。心の底から反省してる。後悔してる。なあ加瀬、ちょっと聞いてくれるか?」

顔を上げて真剣な表情。人の顔色をうかがうことが癖になっている僕の目にも嘘をついているようには見えなかった。それよりもあまりの衝撃で頷くことしかできなかった。

岡本君は、小さく、ありがとうと言った後、少し頭を掻いた。

「俺さ、転校したじゃん。その転校先で、ある女子を本気で好きになったんだ」

突然の恋の話に更に戸惑う。頭を掻いたのが照れからだということはわかった。

「一目惚れだった。なんとか話したくて休み時間になる度に声をかけたけど、無視された。それでも諦めず話しかけて、ある日どうして返事をしなかったかわかった。吃音だったたんだ」

息を呑んだ。その子の返事をしたくないって気持ちが痛いほどわかった。必要最低限の言葉以外、話したくない。笑われるかもしれないから。その子も嫌な思いをしてきたんだろうと容易に想像できた。

「加瀬と同じかそれ以上に酷いんだ。他の女子とかがよくからかってるって後から気付いた。吃音だって関係なく、俺はその子が好きだって思ったから、からかってる女子とかそれ見て笑う奴らにめちゃくちゃ腹が立った。でもさ」

そこで岡本君は、口を閉ざし大きく息を吸った。少しの間をあけてまた口を開いた。

「俺が加瀬にしたことはそれ以上に酷いことだって腹が立ってから気付いた。めちゃくちゃ反省した。後悔した。何回も謝りに来ようとしたけど来られなかった。でもさ、その子と仲良くなるうちに、やっぱり謝らないといけないって思って、今日やっと来たんだ」

風が僕達の体を撫でるように吹き抜けて行った。月明かりで照らされた岡本君の顔は僕の知ってる一年のときとは違って、どこか大人びて見えた。それは成長分以上に。

「本当にごめん。許して欲しいとは言わない。でも、ただ謝らせて欲しい。本当にごめん」

そう言うと、さっきよりも更に深く頭を下げた。頭を下げた岡本君の向こうに絶句という言葉がぴったりとくる金田君の表情が見えた。

なんて言えば良いかわからなかった。

笑われたこと。されたこと。それで不登校になったこと。今もいじめにあっていること。

それらが全部、ぐるぐると頭の中を駆け巡る。

驚きと怒りと悲しさが入り交じった、今まで抱いたことのない、なんとも言い様の無い感情が胸に渦巻く。

謝りに来た岡本君を許した方が良いのかわからない。しっかりと反省して心から謝ってくれているのは伝わった。でも、それでも許したくないって気持ちがある。そんな自分の器が小さい気がして、嫌になってくる。

そんな感情と葛藤に包まれてなにも言えない。僕達の間を冷たい風が吹きぬける。満月が頭を下げる岡本君を照らしているのを見ていることしかできなかった。

「ふざけんなよ」

僕の後ろから、怒りに満ちた声がした。女性なのに低く分厚い鐘を鳴らしたような声。そこに明石さんがいることを思い出した。

岡本君が顔を上げて僕の後ろに視線を向けたのが見えた。目を見開いて、「明石」と呟いた。車椅子が必要になっていることを知らないまま転校したのだとわかった。

「あんたが元凶で加瀬君の二年間は奪われたんだよ!!」

明石さんの怒声が辺り一帯に響いた。思わず僕も後ろを振り返る。

蛇が獲物を睨むように鋭い、刺すような視線を岡本君に向けていた。

「てめえには想像もつかないような傷を心につけられたんだよ！　それだけのことをして謝りに来た？　許してもらえなくても良い？　なんだよそれ、そんなのあんたの自己満足じゃんか！」

少しずつ明石さんは車椅子を漕いで近づいてくる。あまりの剣幕に岡本君が後ずさった音がした。それでも明石さんは近づいてくるのをやめず、怒鳴り続ける。

「あんたは謝ってすっきりするかもしんないけど、加瀬君の気持ちはどうなんの？　加瀬君はあんたと会いたくなんかなかった。謝られた方は許せない自分が心の狭い奴だって責めるようになるかもしんないじゃん！　それがまた傷になるかもしんないじゃん！」

明石さんは僕のすぐ隣まできて動きを止めた。明石さんの怒りは収まらない。岡本君になにかを言わせる暇も与えずに更にまくしたてる。

「今後、加瀬君が人間関係で失敗したとき、てめえにいじめられたからって言い訳にも使えなくなるだろ。加瀬君にとってのあんたの存在価値なんて言い訳に使う程度しかないんだよ！　それなのに、あんたの気持ちをすっきりさせる為だけに謝りになんか来んなよ。あんたは加瀬君にしたことを一生背負って、苦しんで生きていくしかねえんだよ。消えろよ！　早く帰れよ！　もう加瀬君の心を騒がせに来んなよ！　てめえの恋路なんて知らねえよ。クズ!!」

そこまで言って、明石さんはようやく怒鳴るのを止めた。ほぼ一息で言い切ったせいか、大きく肩で息をしている。真っ直ぐに怒りのこもった視線を岡本君に向けている。

誰もなにも言えない。静寂。そしてまた風が吹く。枝が揺れる音を合図にしたように明石さんが僕に向かって口を開いた。

「加瀬君も言いたいこと言いな。罵詈雑言でもなんでも良いよ」

岡本君が唾を飲んだのがわかった。そのくらいの覚悟はして来たんだろう。もしかしたら僕に殴られる覚悟だってしてきているかもしれない。

だから、そんな覚悟の上からなにかを言ってやるなんて、してもしょうがないと思った。

「言いたいことは明石さんが言ってくれた。ぼ、僕は岡本君に会いたくなかった」

ゆっくりと口にする。会いたくなかったと言った瞬間、岡本君が強く拳を握ったのが見えた。

「ぼ、僕は岡本君を一生許せない。だ、だ、だから二度と会いに来て欲しくない」

「ああ、これで最後にする」

「うん。で、でも、教えて欲しい」

岡本君が首を傾げて僕を見た。

「岡本君は、そ、その女の子の側にいることが多い？　は、話をしたりする？」

「少しずつだけど、話すようになった。一緒に帰ったりとかも、たまに」

正直に答えてくれた。僕は小さく「そっか」と口にした。会ったことのない、その子のことを考えて、岡本君に対しこう言った。

「そ、それじゃ、女の子のそ、側にいてあげて欲しい。たぶん女の子にとって、す、少しでも話せる岡本君がいるだけで、す、救われるから。だ、だから、ぼ、ぼ、僕に許されない分、女の子の、み、味方でいてあげて欲しい」

言いたいことを言い切ってふっと短く息を吐いた。視線を岡本君に向ける。今日、一番驚いた表情を浮かべていた。少しのタイムラグの後、顔をくしゃっとさせた。

「最後にもう一回だけ言わせてほしい。本当にごめんなさい」

岡本君が、震える声でそう言うと頭を下げた。肩も震えている。冬の寒さのせいじゃないってことくらいわかる。僕も男だから、これ以上、その姿を見られたくないだろうってこともわかった。だから、僕は明石さんに「行こう」と言って、車椅子を押した。

岡本君の横を通り過ぎるとき、一度だけ軽く肩を叩いた。金田君は事態が飲み込めていないのか、ずっと同じ表情で固まっていた。

月明かりの下、学校から家に向かって緩やかな下りになっている道を、明石さんが乗った橙色の車椅子を押して歩く。

随分と長い間、僕達の間には会話は無い。風と車輪と時折横を通る車の音だけが耳に入る。

そうして、もう学校も見えなくなった辺りで、前を向いたまま明石さんが口を開いた。

「甘いね」

僕は、小さく「うん」と頷いた。

自分でもそう思う。明石さんの言った通り、岡本君に罵詈雑言をぶつけても良かった。だけど、そうじゃない。岡本君が反省してるってことはわかった。だから、岡本君を許せないけど、今の彼なら吃音症の女の子の拠り所《よどころ》になれる気がした。僕にとっての明石さんみたいな存在に。なれるなら岡本君にもそうなって欲しいと思った。

「でも、素敵だった。かっこよかったよ」

えっ、と声が漏れる。

明石さんのことだから、罵ることができなかった僕にもっと不満を持ってると思ってた。でもそれは違って、明石さんは僕が岡本君に言ったことを認めてくれた。

それが嬉しくてむず痒くて、顔が綻んだ。

「なーに笑ってんの？」

気がつくと、車椅子に座っている明石さんが顔だけを振り向かせてこちらを向いていた。

「こんな美少女にかっこいいって言われて嬉しいんでしょ？」

と、悪戯っぽい笑みを浮かべる。

「うん。嬉しい」

僕は素直に認める。嘘はついていない。自分で美少女って言うなってツッコミをした方が良かったかなって、認めてから気付いた。でも、これで良かったんだとその後の明石さんの表情を見て思った。

月明かりに照らされた明石さんの顔が少し驚いた表情になって赤くなった。そして、恥ずかしそうに前を向いて俯いた。

こんな反応を見せる明石さんを見たのは初めてだ。スマホを持っていれば、動画にとっておいて、今後なにかあったときのネタになるのに、と少し悔やんだ。

「問題です」

住宅街、外灯が煌々《こうこう》と光る道で、照れ隠しのように明石さんが少し大きな声を上げた。

さっきあったことを忘れたように、ひたすら僕に受験に出てきそうな問題を出し続けた。

だけど、いつもよりも簡単な問題しか出ないのは、もしかして照れていて頭が上手く回らないからかな、なんて考えると少し可笑しくて、思わず笑ってしまった。

笑い声と共に出た息が、冷たい冬の外気に冷やされて白くなり宙に舞い、消える。それを目にしていると、突然、もうすぐ卒業なんだと思った。

卒業すると僕達は離れ離れになる。そうすると、今吐いた息みたいに、僕と明石さんの関係、ハロハロも消えて無くなるのだろうか。

そう考えるとふいに寂しさが込み上げてくる。その寂しさを紛らわすように僕は、ひたすら出される簡単な問題にただ答えていった。

＊

三月の半ばになった。厳しかった寒さも少しずつ和らいできて、咲き始めた花の近くを虫が飛んでいることも多い。少しずつ、春が顔を覗かせ始めている。

学生服の胸元には真っ赤な花がついている。

今日は中学校の卒業式が行われている。天気は晴れとはいかず、あいにくの雨。体育館の屋根を大粒の雨が叩く音が響いている。体育館の床には緑色のゴムシートが敷かれ、ゴムの臭いが強い。

少しだけ顔を動かして辺りを見回す。壇上に向かって右側に男子がクラスごとに横に一列に並び、真ん中の卒業生が入退場の際に歩く通路を挟んで左側に女子が並んでいる。明石さんは女子の列の一番壁際に並んでいた。

今は校長がやたらと長い挨拶をしている。

僕は三年間ずっと通ったわけではない。一年の一学期と三年の二学期から今日まで。その少ない中学の思い出を思い返すと、雨の日の記憶が多いなと思った。

校長の挨拶の前に卒業証書授与があった。僕の名前ももちろん呼ばれる。僕は返事で思いきりつっかえた。担任の笹谷先生は、つっかえたけれど、ちゃんと返事をした僕に遠くから微笑んでくれたのがわかった。それとは別に、どこかから失笑が起きたのも聞こえていた。笑ったのは金田君ではないことだけは確かだ。

岡本君が謝罪に来た日、金田君は僕に対するからかいをつまらないことと一蹴されていた。それがショックだったのか、からかいは無くなった。主犯格の金田君がそれをしなくなったことで自然と消滅したのだ。でもそれは僕だけのことだ。

明石さんに対するいじめは最後まで続いた。それでも明石さんは休まずに学校に通い続けた。いつか、いじめに負けずに登校し続けて卒業したらこっちの勝ちだと考えたことがある。もしかしたら明石さんもそう思っていたのかもしれない。それなら、中学生活を賭けた勝負は明石さんに軍配が上がったことになる。

ボクシングならＫＯ。野球ならコールド。そのくらい、明石さんの圧勝だ。

体育館前方の高い位置の横にかけられた時計に目をやる。校長の式辞が始まってもう十五分は経っていた。長くて退屈。訓示や難しい言葉をやたらと使って、全く響いてこない。近くにいる他の生徒も飽きているらしい。あくびをしたり、近くの人とこそこそと話をしているのが見えた。

一度、遠くで雷鳴が轟く。それを合図に一気に雨が強くなる。体育館の屋根を叩く音がより大きくなって、校長の声が聞こえ辛くなった。

壇上の校長が頭を下げた。やっと終わったかと、少し息を吐いてホッとする。次に県の教育委員という年配の男性の告辞。続いて来賓としてＰＴＡ会長と紹介されたクリーム色のスーツを着た中年女性の祝辞と続く。やたらと長い校長の式辞に比べて、簡潔にまとめられていて数分で終わった。

何度も立って礼をして座ってを繰り返した。横目で女子の列の端にいる明石さんに目をやる。車椅子に座ったまま礼をしていた。遠くからでも、つまらない顔をしているのが見えて、笑いそうになった。

式は厳かとは言い辛い雰囲気で進む。今日で卒業とは言っても中学生気分が抜けていないのか、みんな集中力を切らしているように見えた。

雷雲が近づいてきているのか、雷の音がどんどん大きくなっている。それに伴って雨も激しさを増してきた。風が吹き荒れて、何度も体育館の窓を強く揺らした。

春の嵐という言葉がこれほどぴったりくる日を経験した記憶は、短い僕の人生ではなかった。そういえばヘルマン・ヘッセが書いた本に春の嵐ってあったっけ、とふと思い出す。少年時代、不慮の事故で身体障がい者になった男性が出てくる。性別は違うけど、どこか明石さんを思い浮かべた。

明石さんが家に来た三年の二学期から今日まで、嵐のように日々が過ぎた気がする。出会って、近づいて、仲が深まって、拒絶されて、また近づいて。もうすぐ別れが近づいている。今後の人生、中学時代のことを思い返すことがあれば、必ずそこには明石さんがいるんだろうな、とぼんやりと考えた。

気がつくと在校生代表が送辞を読み終わっていた。次に答辞。僕は姿勢を正す。

今日の卒業式で卒業生代表による答辞だけは、しっかり目に焼き付けようと決めていた。その理由は一つ。答辞を読むのが明石さんだからだ。

卒業式の練習が始まってから知った。二年の二学期から三年の一学期が終わるまでの期間、明石さんは生徒会長を務めていたらしい。僕が再登校を始める前だから知らなかった。

そのことを素直に凄い、と言うと明石さんは溜息交じりに言った。

「面白半分の嫌がらせだから。みんな放課後に残ったりしてまで仕事したくなかっただけ」

本当にそうかはわからない。でも、そう思うだけの態度を周りがしていたんだろうと思った。

「答辞、卒業生代表、明石京子」

学年主任の先生が明石さんの名前を呼んだ。

「はい」

風に揺れる風鈴の音のような高く透き通った声で明石さんは返事をする。僕のいる方とは反対側の端から車椅子で自走して前に向かう。二階にも設けられている保護者席がざわついた。そのざわつきを掻き消すように、外の天気は暴風雨と言っても良いくらい、大荒れになっているのが音でわかった。

卒業式の練習が始まる前、生徒会長だった明石さんは、答辞を自分で読むか、それとも別の人に代わってもらうかを笹谷先生に選ばせてもらえたらしい。それは明石さんが車椅子に乗っていることで、必要以上に注目が集まってしまうかもしれないからだ。

明石さんは自分で読むことを選んだ。噂によると芳賀は猛反対したらしい。でも、本人が選んだから、と笹谷先生が押し切ったとのことだ。優しそうに見えて意外と気が強いのかもしれない。

笹谷先生が舞台の前、中央辺りにスタンドマイクを運んで設置した後、壁際に戻る。

マイクの設置と、明石さんが前に移動していく姿に、今度は一階の保護者席がざわつき始めた。自分の子から聞いていなかったのだろう。同じ学校に車椅子の女の子がいるってことを。だから、そのざわつきの中に僕のお母さんとお父さんの声は含まれていないはずだ。

明石さんは中央に設置されたマイクからは離れた壁際で止まる。

笹谷先生が明石さんのすぐ傍でしゃがみ、二人でなにか小声で話している。笹谷先生が頷いてドアから舞台袖に入っていった。

少ししてから、笹谷先生が戻ってくる。明石さんがリハビリしている様子を見たときに目にした、シルバーフレームのコの字の形をした器具を持ってきた。あれは歩行器という名前だということを後で調べて知った。

笹谷先生が歩行器を明石さんの目の前に置く。心配そうな表情を浮かべたままその横に立っていた。明石さんは上半身を屈ませて車椅子の足置きを畳む。両足が地面についた。

クリスマス前に僕が買った橙色のスニーカーを履いていた。学校規則には違反しているだろうけど、卒業式本番ということもあって学校指定の上履きを取りに帰れとは教師の誰も言えなかったらしい。

前に座る他クラスの男子の頭と頭の隙間からしか見えないけど、明石さんが緊張しているのがわかった。顔が強張っていて、何度も深呼吸をしているのか、上半身が大きく上下している。

保護者席だけではなくて、僕達生徒の席もざわつき始める。なんとなくこれから明石さんがなにをするのか気付いた人もいるのかもしれない。

まるで予《あらかじ》めそう決まっていたかのように、雨風が急に弱まった。体育館の屋根を叩く雨音もほとんど聞こえなくなり、窓を叩く風も止んだ。

それを合図にしたように明石さんは歩行器に手を置いた。上半身をまた少し前に屈ませる。歩行器に置いた手に力を入れたのが見てるだけでわかった。

歩行器を頼りに明石さんはその場で立ち上がった。

ざわつきが大きくなった。保護者席よりも生徒の席の方が声が大きい。明石さんがこうやって立っているのを誰も見た事がなかったから。

でも僕は知っている。リハビリで立ち上がるところまではできるのは見た。問題はこの後だ。歩行器を少し浮かせて前方に置き、体を引き寄せて歩く。修学旅行前に見たときはそれができなかった。歩行器を少し浮かすと足の踏ん張りが利かずにバランスを崩していた。

大丈夫。いける。

心の中で何度も唱える。頑張れとは言わない。頑張ってるのは知っているから。

僕の視界は、もう明石さんしか捉えていない。体育館の蛍光灯も全部、明石さんだけを照らしているように見えた。明石さんは立ったまま、また一度深呼吸をした。そして――。

一歩、前に進んだ。

見事だった。歩行器を少し浮かせて少し前方に置く。上手く上半身を使って体重移動をしてバランスを崩さなかった。そうして、前方に置いた歩行器に向かって、体を引き寄せた。

二歩目、また進む。

胸が熱くなる。脳裏にリハビリで何度も失敗していた姿が過ぎる。あれから今日まで、どれだけ明石さんは努力をしたのだろう。他の人から見れば大したことのない一歩。でも、明石さんにとってそれは、どれだけ大きな一歩なのだろう。その一歩を積み上げることに、どれだけの時間を使ったのだろう。どれだけの汗と涙を流したのだろう。

三歩、四歩、小刻みな歩幅で明石さんは歩いた。

そうして、マイクまで辿り着いた。

明石さんは顔を前に向けた。短い黒髪に橙色の蝶の髪飾りをつけているのが見えた。

体育館全体がワッと大きな歓声と拍手で沸いた。

ほぼ同時に止んでいた雨風がまた強くなった。まるで歓声と拍手を掻き消すように。

腸《はらわた》が煮えくり返るように怒りが込み上げてきた。

周りを見渡せば、まるで車椅子の『友達』が歩いたことに感動しているようだった。泣いている生徒の姿も見えた。みんな顔が綻んでいて祝福モード。感動の卒業式ってところだ。

「うるさい!!」

僕は我慢できずに怒声を上げた。

その声に、シンと歓声も拍手も止まる。強い雨風の音だけが静かになった体育館に響いた。

怒りを込めて周りを睨みつける。みんな立ち上がっている僕に視線を向けていた。

「うるさいんだよ!! は、は、拍手なんかするな! 嬉しそうにするな!!」

みんなの顔が驚きで呆気にとられていて馬鹿みたいに見えた。それが最高に気持ち良い。

誰もなにも言わない。僕のオンステージだ。

「ぼ、僕達のことをじ、邪険にしたお前らなんかに拍手されたくない! 明石さんが歩いたことで、お前らの中でか、か、かか、か、か、感動のそ、そ、卒業式とかいう陳腐《ちんぷ》な思い出にされたくない!」

呼吸が続かなくなって、大きく息を吸う。その少しの間があってもみんな黙ったままだった。

「そ、そ、卒業式をす、素敵な思い出にして良いのは、明石さんと、ぼぼ、僕だけだ！　そ、それ以外は、さ、最低の卒業式として一生覚えてろ！　いじめっ子と傍観者共が！」

今日一番の雷鳴が轟いた。

そんな雷なんかにも負けない、僕の感情を爆発させた怒声。

どうしても我慢できなかった。

不慮の事故で歩けなくなった少女が卒業式で歩くという、わかりやすい感動のストーリー。

それをここにいる奴らは、今後大人になってからも自慢げに話すかもしれない。それがたまらなく不快だった。そんな感動のストーリーをぶち壊してやりたかった。こうやって、吃音症だからと笑いものにしてきた僕に怒りをぶちまけられて、最低の卒業式にしてやりたくなった。

呆気にとられていた生徒の表情がだんだん崩れる。申し訳無さそうに俯く人。僕に対して怒りを覚えて睨みつけてくる人。色んな顔があるなか、中川さんだけは、真っ直ぐ強い眼差しでマイクの前に立つ明石さんを見つめていた。

「おい、加瀬」

生徒指導の芳賀が低く滑るような不快な声で僕の名前を呼んだ。呆れと怒りが交じっていて、更になにかを言おうとしたのが見えた。

「答辞！」

その芳賀の声を遮るようにマイクに向かって明石さんが大きな声を上げた。みんなその声に釣られて前に顔を向けた。

「このいじめっ子だらけで、生徒指導とか言いながらなんの指導もしないクソ教師が居座る学校に、もう来なくて良いんだって思ったらすっきりします！　じゃあね、バーカ！」

小さな子供が悪戯をしているような、心の底から楽しくて仕方ない無邪気な声。生徒、親、教師。みんなの顔がまた呆気にとられて馬鹿みたいになって痛快だった。また誰の声もしなくなった。雨風の音だけが響く。明石さんは歩行器を使ってバランス良く立ったまま、ぐるりと辺りを見渡して締めくくった。

「いじめられっ子代表、明石京子」

明石さんが立ったままの僕を見た。どうだ、といった表情をしていた。

こんなむちゃくちゃな答辞あるもんか。前代未聞だ。日本中、色んなところで読まれた答辞を調べても絶対に最低の答辞だ。

そう考えると可笑しくて、笑った。僕の笑い声が体育館に響く。そうして、さっき明石さんが歩いたことに対して、みんなが送った拍手に負けないくらい、大きな拍手を一人で送った。

まだみんな呆気に取られている。正気に戻って騒ぎ出す前に逃げ出そう。

僕は自分の席を離れ、壁際に置いたままになっている車椅子を押して、明石さんの側まで行った。

近くに立っていた笹谷先生と目が合った。きっとバランスを崩したときに支えられるようにいてくれたんだと思う。いつか明石さんが言ったように笹谷先生は良い先生だ。

だから、唯一心が痛むのは笹谷先生には悪いことをしたなって思うことだけ。それは明石さんも同じだったらしい。車椅子に座ってから、頭を下げた。僕もそれに続いて、頭を下げた後、笹谷先生を見る。

笹谷先生は悲しそうに笑って、小さく頷いた。

最後に先生にもう一度会釈をして、僕は明石さんにだけ聞こえるように口を開いた。

「に、逃げよう」

「うん、そだね」

明石さんもすぐに同意してくれる。体育館の中は雨と風とざわつきで騒々しくなっていた。その喧騒の中僕は車椅子を押して小走りに体育館を出た。

出る瞬間、中から芳賀が僕達の名前を叫んだのが聞こえたが、それは完全に無視をした。外は相変わらずの雨と風。雷もやっぱり鳴っている。でも、一番激しく轟いていたときよりも、雷の音は遠くから聞こえていた。

「ぬ、濡れるよ」

「捕まるよりマシ。それにもうすぐ止むよ。ほら」

明石さんが空に顔を向けた。釣られて僕も目を向ける。黒い雲が速く流れてく。西の空に雲の切れ目ができていて、青い空が少しだけ見えた。

「逃げろー！」

明石さんが黄色い声を上げる。それに応えるようにスロープを後ろ向きで下りて、雨風の中、アスファルトを濡らす水を撥ね上げながら、車椅子を押して駆けた。

卒業証書なんていらない。学校の荷物も昨日までに全部、家に持ち帰っていた。もう荷物なんてない。昇降口に外履きを置いてきてるけど、クラスの奴らに色々とされてボロボロになった靴だから捨てるつもりだった。卒業式で受け取って持って帰るものなんて何一つない。

上履きのまま走り、学校が遠ざかっていく。

「というか、加瀬君、卒業式でキレすぎ！　マジでウケる！」

明石さんは顔を空に向けて、大口を開けて無邪気に笑った。

その笑顔を見て、たまらなく心が温かくなる。

明石さんは自分のことをたまにカカシだと比喩していた。そんなカカシをこんなに笑わせることができた。

僕はピエロだから、それは本望だと心から思った。

気がつくと川沿いの土手まで来ていた。風は強いままだけど、雨は止んだ。川の水の流れが速くなっていて流れる音がする。水嵩は増していない。土手の下にゆっくりと下りた。

「最低で最高の卒業式だったね！」

土手の下まで下りると、明石さんは満面の笑みを浮かべ、声を弾ませた。

「みんなの顔が馬鹿みたいでさ。ほんと笑い堪えるの大変だったよ」

「ぼ、僕も」

同意すると、明石さんはこちらに嬉しそうな視線を向けた。

「ねえ、加瀬君」

いつもよりもずっと、朗らかで柔らかな口調で僕の名前を呼んだ。

「ん？」

「ありがとね」

突然のお礼に僕はなにに対してなのかわからず首を傾げる。

「色んなこと。車椅子を押してくれたり、手伝ってくれたり。さっき、私が歩いたときみんな沸いてさ。めっちゃ腹立ったけど、加瀬君が代弁してくれた。それが嬉しかった」

「うん」

明石さんの言葉がたまらなく嬉しい。あのとき、腹が立ったのは僕だけじゃなかったんだってわかったから。それに、これまで僕がしてきたことは間違ってないんだってわかったから。

「でも、笹谷先生には悪いことしちゃった。良い先生だったし、好きだった」

「うん」

頷きながら、三者面談のときのことを思い出した。僕の今後のことを本気で考えて面接を受けるように勧めてくれた。修学旅行のとき他の生徒の自由行動の予定表をくれた。さっきも僕の行動を咎めたりなんてせずに、見送ってくれていた。

僕も思う、笹谷先生は良い先生だ。

「修学旅行のときとかさ、みんながお風呂を出た後、先生が来てくれて、私がお風呂に入るの手伝ってくれたし、色々と優しくしてくれた。たぶん、担任が笹谷先生じゃなかったら学校来なくなってたかな」

そっか、と小さく相槌を打った。

「謝りたいけど無理かな。あんなことしたら学校には戻れないし、もう東京にも行くし」

明石さんの言葉の後、風が吹いた。ショートカットの髪がなびいた。柑橘系の香りが漂った。そのあまりにさわやかすぎる香りが僕の胸を寂しくさせた。もうすぐお別れなんだとふいに実感した。

「と、東京で、り、リハビリもが、が、が、学校も頑張って」

「加瀬君もね。須奈学園に行くんでしょ？　県内だし同じ中学の奴もいるよ。今更だけど、通信受けるって選択肢もあったのに」

私立の受験は二月に終わって、明石さんも僕も合格していた。

「うん。ち、ちょっと不安。で、でも、ち、中学の三年間、最初と最後しか来られなかったから。つ、つ、次は三年間、ち、ちゃんと登校する姿を親に見せてあげたいんだ。そ、それに明石さんに、ま、負けたくない」

二年間引きこもっていた僕を、優しく受け入れてくれた親に安心してほしくて、通信にはしなかった。須奈学園にしたのは、そこに行けば明石さんの話題を共有できる人も来るからだ。

「そうだよね。私が頑張ってるのに加瀬君が頑張ってないと、私のこと見下せないもんね」

明石さんが笑う。久しぶりに見下すって言葉を聞いて、僕まで笑った。

最初はそうだ。互いに見下し合う仲でいようって話だった。でも、いつからかそんなことはなくなっていた。僕は明石さんを尊敬している。見下すことなんてできない。それどころか、僕は明石さんのことを一人の女の子として好きになっている。今日、告白しようと思っていた。

でも今、明石さんが見下すと言ったのは冗談だってわかるから、それは否定しない。むしろ、その冗談に便乗した。

「そ、そういうこと」

明石さんがケタケタと笑う。釣られて僕も笑う。二人でしばらく笑った後、静寂が訪れた。風と水の流れる音だけが耳に入る。

少しの間、二人で水の流れを見ていた。時の流れのように、日によってゆっくりになったり速くなったり。忙《せわ》しないなと思った。

ふいに制服の袖が軽く引っ張られる。手元に目を向けると、明石さんが指で軽くつまんでいて、胸が高鳴った。

「ねえ、ちょっと怖いから。これ、読む間だけ一緒にいて」

静寂を破って、明石さんが少し不安そうに小声でそう言った。

明石さんの方に視線を向ける。ポケットの中から、ファスナー付きの袋に入った梅月さんの封筒を取り出した。

僕はなにも言わずに頷く。それを見た明石さんは深呼吸をした後、封筒の中から手紙を取り出して、中を黙読した。

会話は無い。視線は川に釘付けにする。なんて書いてあるか、覗き見する趣味なんてない。その内容は明石さんと梅月さんの二人だけのもの。

隣から、洟をすする音がした。そして、ひと言。

「私も、大好きだよ。めぐ」

声が震えている。

その言葉を聞いて、私『も』ってことは、その手紙には梅月さんにとってどれだけ明石さんが大切な友達か書いてあったんだと悟った。

横目で明石さんを見る。白い頬に一筋の涙が伝っていた。でもそれは、悲しい冷たいものではなく、温かくて優しい涙だって思った。

その涙を見て、告白しようと思っていた気持ちを呑み込んだ。

僕はまだなにもしていない。強くない。卒業式で歩いた明石さんや、一度逃げたと言いながら僕に手紙を託した梅月さんみたいに強くない。それどころか、僕に謝罪に来た岡本君のような勇気すらも出していない。そんな僕が告白なんて、まだしちゃいけない。

だから代わりに確認する。

「し、死なないよね？」

卒業式で歩けなかったら自殺する。そう明石さんは言っていた。でも歩いた。だから、あの話は無しだよね、と。

「でも、私の目標はなにも使わずに歩くことだったからなー。歩行器使ったし。んー」

明石さんが空を見て少し考える。その顔を雲の隙間から射しこんだ光が照らす。

「加瀬君は、私が死んだらやっぱり死ぬつもり？」

「も、も、もちろん、し、死ぬよ。嘘じゃない」

僕は、光に照らされて、白く輝いて見える明石さんの顔を真っ直ぐ見つめて力強く返答した。

「そっか。それなら延期かな。さっきは私が頑張ってるのに加瀬君が頑張ってないと見下せないって言ったけど、逆もそうだからね。加瀬君はこれから頑張るんでしょ？　私、それには負けたくない」

明石さんはそう言うと、白い歯を見せて眩しい笑みを僕に向ける。僕が頷いたのを見てこう続けた。

「だから、そうだな。七年後！　それまでに、自分の体のこと、『納得』できなかったら自殺する」

その答えに僕は安堵した。

七年もあれば大丈夫。明石さんは前を向いて進める人だから。七年もあれば、納得できる。

「でも七年か、ちょっと長いね」

明石さんが、僕に話しかけるわけではなく、呟いたのが聞こえた。

「加瀬君」

「な、なに？」

「七年離れてるのは長すぎるよね」

明石さんはさっき呟いたことを、僕の顔をじっと見つめながら、いつもよりもはっきりとした口調で確認してきた。

「うん」

僕は真っ直ぐ見つめられたことに照れて、少し素っ気なくなりながら頷く。

その様子を見ていた明石さんは小さく息を吐いた後、ポケットの中に手を入れてなにかを取り出した。

「だからさ、スマホ買ってよ。それでこれ」

そう言いながら、取り出したそれを差し出してきた。僕はそれを受け取る。小さく折りたたまれた薄い橙色の紙だった。

ゆっくりと開く。これまでも何度も折って開いてを繰り返したのか、折り目がくっきりとついていて、少しだけ端が破けている。紙には英字の羅列が書かれていた。

一体それがなんなのかわからずに、僕は首を傾げた。

「それ、私のＬＩＮＥのＩＤだから。スマホ買ったらさ、絶対に一番に連絡してね」

明石さんは、こちらを見ずに少しそっぽを向きながら書かれているものがなんなのかを教えてくれた。風が吹き髪がなびいて、見えた耳がいつもよりも赤く染まっているように思った。

だけど、僕の方が顔は赤いかもしれない。そう思うほど顔全体が熱い。

「うん、ぜ、絶対買う。そ、そ、そしたらすぐに、れ、連絡する」

ふと思う。誰かと連絡を取り合うなんてしたことがない。でも、その相手が明石さんなら最初は、絶対にこう送る。

「ハ、ハローって送るよ」

そう言うと、明石さんは顔をぱっと明るくさせて、こちらを振り向いた。

「そしたらさ！　私、二人だけのグループ作るよ」

ＬＩＮＥをしたことのない僕には、グループというのがなんなのかわからなかった。だけど、明石さんは続ける。

「二人だけだと別にグループ作らなくてもトークだけで良いんだけどね」

「そ、それじゃ、な、な、なんで作るの？」

「グループ名がつけられるんだ。だから、グループ作って、その名前を『ハロハロ』にする！　どう？　すっごく良くない？」

ハロハロ。

僕と明石さんの二人の仲の名前。それをスマホのアプリの中でちゃんと形として作ることができる。そこにはきっと、これから先の思い出が日々詰め込まれていく。いつかそれを見返したとき、「こんなこともあったな」と思わず笑みが零れてしまうような、そんな宝箱になる気がした。

「す、す、凄く良い」

もっと自分の気持ちを伝えたかった。でも、胸が詰まってそれ以上言えなかった。明石さんと離れるのはやっぱり寂しい。だけどそれ以上に、離れていてもハロハロとして繋がっていられることに、生まれて初めて辛さや悲しみではない涙が溢れた。

「泣いてるの？　泣き虫だなあ」

明石さんが少しからかってきた。僕は腕で目を覆いながら「うるさい。あんまり見ないで」と訴える。すると、今度はからかい口調から一転して、真面目なトーンでこう言った。

「嫌だ。加瀬君の泣いてるところちゃんと見せて」

「な、なんだよ。ひ、人が泣いてるの見るのが、し、し、趣味とかなの？」

「ううん、違うよ。でもね、前みたいな作り笑顔よりも、加瀬君がちゃんと自分の気持ちに素直に泣いてるほうが好き。だからさ、離れる前にちゃんと本当の加瀬君の感情のこもった顔を見せてよ」

その言葉に、ピエロと言われていた日々を思い出す。明石さんからずっと嫌われていた笑顔の仮面。今はもうそんな表情を見られるのなんて恥ずかしいし嫌だ。

……そっか、一番それを忌《い》み嫌っていたのは誰よりも僕自身だったんだ。

僕達は、もうすぐ離れた街で暮らすようになる。今のように簡単に会うことなんてできなくなる。それなら、明石さんの言う通り、泣き顔でも良いから、今の僕の気持ちが素直に表れた本当の自分を隠さずに見せたい。

僕は目を覆っていた腕をゆっくりと下ろして、明石さんを真っ直ぐ見つめた。涙で滲んだ視界、それでも明石さんも目を赤くして涙を零しているのが見えた。

「な、泣いてるの？」

僕の問いかけに、明石さんは声を震わせながら答えた。

「泣いてるよ。だって、クソみたいな中学生活だったけどさ。でも、加瀬君とハロハロの仲になってからは、加瀬君といる時間が楽しかったんだもん。だから離れるのは寂しいって思っちゃう。でもこの涙はね、ありがとうの気持ちだよ」

明石さんはそこまで言って、少しだけ口を噤《つぐ》む。そして、自分の手で涙を拭いて、出会ってから今までで、一番優しさを感じる笑みを浮かべてこう言った。

「加瀬君、学校に来てくれてありがとう」

その言葉に、僕の涙腺は完全に決壊した。どんどん涙が溢れてくる。もうこれは止められそうにない。それでも僕は自分の気持ちに素直に従って泣いたまま言葉を返す。

「明石さん、僕を、が、がが、が、が、学校に行けるようにしてくれて、ありがとう」

明石さんが、小さく頷いた。洟をすすり、もう一度目を拭った後、「あーもう」と肩を竦めて、

「加瀬君の前でこんなに泣くつもりなかったのにな。こんなに泣いちゃったのは、めぐの手紙を読んだからだ。今度会ったら文句言ってやろ」

川に向かって、明るくおちゃらけた口調でそう口にした。

『今度会ったら』

確かに明石さんはそう言った。その言葉に、僕の胸は更にいっぱいになった。

今日、明石さんは確実に一歩、前に進んだんだ。

ひゅっと風が吹いた。明石さんの髪がなびいて、柑橘系の香りが漂った。太陽に照らされた横顔はとても穏やかで、少し大人びて見えた。その風に乗って、どこから飛んできたのだろう。梅の花びらが明石さんの足の上に舞い降りた。

本作品は、第2回ハナショウブ小説賞 テーマ部門大賞受賞作品に加筆・修正したものです。

謝　辞

suisui-Project　中村珍晴様
本作品の執筆にあたり、YouTubeに投稿されている動画を参考にさせていただきました。動画内でお話しされていた体験談の一部を参考資料とすることにご快諾いただき、心より感謝致します。

にじさんじ所属　桜凛月様
ご自身の配信内で、私が小説を書いて応募しようか迷っているという悩みを取り上げていただき、背中を押していただけたことで、こうして自分の書いた物語を書籍という形で世に出すことができました。
小説を書き応募するきっかけを下さって、心より感謝致します。

九津十八

◎著者紹介
九津 十八（ここのつ とおよう）
1987年生まれ。兵庫県加古川市出身。
2024年に『ハローハロー』が第2回ハナショウブ小説賞 テーマ部門大賞を受賞、同作にて小説家デビュー。野球観戦とゲーム配信視聴が趣味。

ハローハロー
2025年1月29日 初版 第一刷発行

著者 九津 十八
発行者 鈴木 征浩
発行所 opsol株式会社
〒519-0503
三重県伊勢市小俣町元町623-1
電話 0596-28-3906
(opsol book事業本部)
発売元 星雲社（共同出版社・流通責任出版社）
〒112-0005
東京都文京区水道1-3-30
電話 03-3868-3275
印刷 シナノ印刷株式会社
製本 シナノ印刷株式会社
編集 鈴木 征浩・谷口 里穂

 ISBN978-4-434-34937-9 C0093

〝黄金の国〟に立ち向かう男は、
強大なる中央集権国家を維持するため、稀代の悪法を用いて繁栄を極めてきた「黄金の国」ロジオン王国が、今、ひそやかに、変革の時を迎えようとしていた。
その引き金を引くのは、「才に乏しい」と評される一等魔術師・アントーシャ・リヒテル、そして、王国への怒りが限界を突破している一部の地方領主たちだった。
黄金の国はその流れを堰き止めることができるのか。一方、アントーシャたちが強大な王国を倒すために採ろうとしている前代未聞の手法とは——。
救国の神か、
それとも、亡国の悪魔か。
フェオファーン聖譚曲
シリーズ公式サイト
https://feofarn.com/
〈新版〉
フェオファーン聖譚曲《オラトリオ》
op.I 黄金国の黄昏　op.II 白銀の断罪者　菫乃薗ゑ
opsol book